集英社オレンジ文庫

木《き》津《づ》音《ね》紅《くれ》葉《は》はあきらめない

梨沙

本書は書き下ろしです。

目次

木津音紅葉《きづねくれは》はあきらめない

人物紹介

木津音紅葉《きづねくれは》

分家の娘ながら、御印《みしるし》を持つため本家で暮らしている。気は強いけれど、寂しがり屋。

七星《ななほし》

人間の娘とつがいになるため里から追い出された神狐《しんこ》。人間の暮らしはよくわかっていない。

コン太

七星が連れている子狐。

木津音結花《きづね ゆいか》

寛人の娘で木津音神社の巫女。
父の期待に応えられない自分に強いコンプレックスがある。

車屋徳太郎《くるまや とくたろう》

紅葉の幼なじみ。
今は一方的に紅葉につっかかっている。

司一《つかさ はじめ》

冷静沈着な紅葉のお目付役。
もともと結花の許婚だった。

木津音寛人《きづね ひろと》

木津音家当主。
紅葉を甘やかすが、あくまで巫女を産む器としか見ていない。
実の娘である結花にも無関心。

イラスト／けーしん

木《き》津《づ》音《ね》紅葉《くれは》は
あきらめない

はじまりの章

人にはそれぞれ〝運命〟という名の分岐点がある。

木津音紅葉《きづねくれは》の分岐点は七歳のころ。

分家の分家、そのまた分家という、木津音の姓を名乗りつつもごくごく平凡なサラリーマン家庭に育った彼女のもとに、本家からの使いが来たときだ。

翌日から彼女は養女として本家に迎え入れられることになった。

中古で買ったおんぼろ一軒家から一転、洒落《しゃれ》た数寄屋門《すきやもん》が出迎える日本家屋の豪邸には、三十畳の子ども部屋に衣装部屋、勉強部屋、娯楽室、書庫と、紅葉専用の部屋が五つ用意されてなお広く、ただただ驚くばかり——生活環境どころか食事も着る服さえも変わり、おとぎ話の住人になったような気分だった。

あれから九年。

彼女は再び〝運命〟という名の分岐点に立たされていた。

「……一体なにを考えてるのかしら」

つぶやきは闇《やみ》の中に吸い込まれ、湿り気を帯びて反響する。

眼前に広がるのは、むき出しの岩肌に、ごろごろとした石が転がる曲がりくねった洞窟《どうくつ》である。洞窟の高さは、一五〇センチにも満たない彼女が飛び跳ねても届かない程度で、ところどころ岩が突き出していて圧迫感があった。

ちらりと振り返ると鉄格子《てつごうし》ごしに緑が見えた。秋の訪れを報《しら》せるように森はかさかさと乾いた音をたて、旺盛《おうせい》だった夏の名残をわずかにとどめるばかりだ。その緑の中に見知った男の背が消えていく。軽やかな足取りに溜息《ためいき》しか出なかった。

鉄格子の扉には南京錠《なんきんじょう》がぶら下がっていた。

声を出しても男が戻ってきて扉を開けてくれることはないだろう。経験則である。だから一言も発することなく視線を正面に戻し、ポケットから防犯ブザーを兼ねた小型のライトを取り出した。

洞窟は深く、小さなライトでは奥までは見通せない。

危険がないか探索すべきなのはわかっている。だが今はそんな気になれず、紅葉はライトをポケットに戻してしまった。

そのときだ。洞窟の奥から物音が聞こえてきたのは。

なにかがいる。そのことに紅葉はひどく驚いた。ここに閉じ込められている人が自分以外にもいるなんて考えもしなかった。

紅葉は再びライトを構え、大きく足を踏み出した。

そして三歩目でクキッと足首があらぬ方向に曲がった。「ぎゃふっ」と声をあげて転倒した紅葉は、五秒ほど茫然自失《ぼうぜんじしつ》したのち、勢いよく立ち上がってセーラー服についた土埃《つちぼこり》を払い落とした。素早くライトを拾ってきょろきょろと辺りを見回してから、ここが洞窟であることを思い出す。が、誰にも見られていなくても恥ずかしいのは変わりなく、コホンと咳《せき》払いし、今度は慎重に一歩ずつ歩き出した。

ゆるやかなカーブを幾度か曲がると自然光は遮《さえぎ》られ、洞窟の中は真っ暗になった。

洞窟の奥には来たことがない。不安と緊張で鼓動が速くなる。

「誰か、いるの?」

闇の中、小さなライトの光を頼りに声をかけてみるも返事はなかった。だが、耳を澄《す》ますと荒々しい息づかいが聞こえてきた。

怪我《けが》人だろうか。

返事がないことに疑問を覚えながら紅葉はさらに奥へ進んだ。

直角に近いカーブを曲がると行き止まりで、石の台座にのった小さな家のようなものがあった。しめ縄を認め、お社《やしろ》だと判断する。

近づくとお社の脇でなにかが動いた。紅葉は頼りないライトの光をゆっくりと下へ移動させた。

はじめに見えたのは、ツヤツヤと輝く黒い毛だった。頭髪かと思ったら全身が黒い毛におおわれ、三角の大きな耳までついている。右耳は全身の毛と同じく黒く、左の耳だけ白い。伏せるような姿勢でじっとこちらをうかがってくる目は、秋晴れのようなきれいな青色だった。

「……犬……？」

それにしては顔が特徴的なほど鋭角だ。一瞬、まったく別の動物が思い浮かんだ。しかし、その種にしてはサイズが大きすぎる。目の前にいる獣は、大型犬より一回り以上も大きく、威圧的な眼差《まなざ》しで紅葉を見つめていた。

まるで、意志でもあるかのごとく。

ふぁさりと極太の尾が揺れ、獣が青い目を細める。

息が荒い。獣はひどく苛立《いらだ》っていた。

低く威嚇《いかく》するように喉《のど》を鳴らす姿に紅葉は小さく全身を震わせた。

伏せていた獣がゆっくりと体を起こす。

大きく裂けた口から鋭い牙が覗《のぞ》く。

紅葉が身じろぐと同時、獣が地面を蹴り躍《おど》りかかってきた。

第一章　花嫁は笑わない

1

三十畳のだだっ広《ぴろ》い自室で目を覚まし、桐《きり》のクローゼットから制服を出して着替える。専属シェフが作った完璧な食事を自室でとったあと運転手つきの黒塗りの高級車で登校。

それが、木津音《きづね》コンツェルンの総裁の養女である木津音紅葉《くれは》の日常だ。

近隣住民から御殿《ごてん》と呼ばれる屋敷は山腹にあり、木津音神社に隣接する。総裁の木津音寛人《ひろと》は木津音神社の宮司《ぐうじ》で、忙しい身であるにもかかわらず神社にも自宅にも頻繁《ひんぱん》に顔を見せるフットワークの軽い男である。

そんな彼が朝食のとき声をかけてきた。別にそれ自体はさして珍しいことではなかったが、高校へ向かう車に乗り込んできたのははじめてのことだった。いつもなら、紅葉のお目付役である司一《つかさはじめ》が陣取る場所に、今日は寛人が座っている。怪訝《けげん》に思ったが黙っていたら、車は坂を下りることなくぐるりと山沿いに走り出した。一帯が木津音家の私有地で、一般車両の出入りは禁じられている。そのためすれ違う車もないまま山を一つ越えた。

車が止まったのは二十分後。

すでにホームルームには間に合わない時間になっていて、紅葉は疑念を抱きながらも寛人に続いて車を降り、彼にしたがって山道を歩いた。

十分後にたどり着いたのが、鉄格子《てつごうし》つきの洞窟《どうくつ》だった。

さきに入るよう言われ、紅葉はなんの躊躇《ためら》いもなく鉄格子をくぐり、背後で南京錠《なんきんじょう》がかけられる音を聞いてようやく振り返った。鉄格子ごしの寛人の機嫌はとてもよかった。洞窟に〝娘〟を閉じ込め、にこにこと笑っていた。

「しっかり励みたまえ」

そんな言葉を残し、彼はあっさりと踵《きびす》を返して山を下りていった。

——それが、数分前のできごと。

紅葉は今、濡《ぬ》れたように光る墨色の毛を持つ獣に押し倒され、ごつごつと突き出た岩の天井を見ていた。のしかかられたときにぶつけた腰が痛い。細い前足で体を押さえつけられると、転がる石が食い込み肩がずきずきした。

手から滑り落ちたライトがほのかに辺りを照らす中、獣は低くうなり、紅葉を噛《か》み殺さんと口を開ける。

「なにこれ」

紅葉はうめいた。鋭い牙、赤い舌。すがめられた青い瞳、短毛におおわれた三角形の耳に、いかにも手触りのよさそうな毛並み。

「狐《きつね》じゃないの！」

手を持ち上げ、紅葉は獣の上顎《あご》と下顎をむんずと摑《つか》んだ。

「すごいわ。こんなに大きな狐、はじめて見たわ！　なあに、お前、迷子なの？　こんなところに閉じ込められて災難ねえ。ちょっとこの口、どのくらい開くか見せてくれない？」

紅葉は自分にのしかかる獣——狐の口をぐいぐいと上下に割り開いた。狐なんて小さなころに動物園で見たきりだ。すばしっこく走り回る賢そうな顔立ちの動物は、やんちゃで気まぐれ、そのうえふさふさの尾を持っていて魅力的だった。

あのとき触りたくても触れなかったものが目の前にいる。恐怖より好奇心が勝《まさ》り、紅葉は狐の口から手を放した。ガチンと耳元で歯がぶつかり合う音がしたが気にもならなかった。好奇心のおもむくまま狐の体をまさぐると、思った以上に柔らかくて手触りがよく、上等の毛皮に触れているかのように気持ちがいい。

「お前は完璧ね。耳が白いのもかわいいわ」

まるで紅葉の言葉が理解できるかのように、狐は一瞬だけ牙を引っ込めた。美しいうえに賢いだなんて、ますます非の打ち所がない。上機嫌になって狐の体をまさぐっていると、ふいに《ぎゃっ》と悲鳴のような声が聞こえ、狐が紅葉の体から飛びのいた。

驚いて体を起こした紅葉は、手が湿っていることに気づく。光にあてると赤い。

「お前、怪我《けが》をしてるの⁉」

慌てて狐の前足を摑むと、再び《ぎゃっ》と声をあげた。

《なにをする、小娘！》

抗議の声とともに狐が後ろに飛び退《しさ》って牙を剝《む》く。紅葉はきょろきょろと辺りを見回し、声の主を探した。だが、ここにいるのは紅葉と狐だけ――それ以外にめぼしいものといえば、小さなお社《やしろ》である。紅葉は狐から視線をはずし、お社に向かう。お社の中にスピーカーでもあるのかと中を覗《のぞ》くが、木彫りの狐が一体あるだけだった。裏に回るがやはりスピーカーの類《たぐい》はない。それどころか配線もない。ＩＣレコーダーかなにかが隠してあるのかとしゃがんで辺りをさぐっていると、

《私を無視するな！》

狐が再び吠《ほ》えた。紅葉ははっと立ち上がり、狐を見た。

低く喉《のど》を鳴らして威嚇《いかく》してくる狐が話しかけてきた。確かにそう聞こえた。

「……最近の狐はしゃべるのね」

《そんなわけがあるか！　私は神狐《しんこ》だ！　人間の娘とつがいになるため里から追い出されたのだ！　さっさと契《ちぎ》るぞ！》

ぎゃっぎゃっと狐が騒ぐ。狐の大きさや美しさより、彼が訴える言葉——そのあまりにも突飛な内容に紅葉の目が据わった。

「つがい？」

《知らないのか？　つがいとは夫婦の意味だ》

そんなことは知っている。紅葉の表情がとたんに険しくなった。

「……契るって？」

《子作りに決まっている……ぎゃっ》

つかつかと歩み寄った紅葉は、狐の前足を無言で摑んだ。

《なにをする、小娘！》

激高する狐から素早く離れると、大きな口がガチンと空気を嚙んだ。ぎゃわわんと、犬っぽく抗議の声をあげている。

「誰が獣と夫婦になるっていうの⁉」

《これは人間側の要望だ》

「……どういう意味？」

《お前、御印《みしるし》を持つ娘なのだろう？　木津音の娘のくせになにも知らないのか？》

驚くような、呆《あき》れるような声。顔をしかめる紅葉を警戒してか、狐は十分に距離をとってから話しはじめた。
《木津音の家には代々天眼《てんがん》の娘が生まれていた。これが巫女《みこ》として人々に神託《しんたく》を与え、信仰となった。それが木津音神社の前身だ》
現在、木津音神社の巫女は木津音寛人の実子・木津音結花《ゆいか》である。まっすぐな黒髪に楚々《そそ》とした容貌《ようぼう》、すらりと長い手足、成績優秀だが運動は全般に苦手という、男子から注目されざるを得ない紅葉のクラスメイトだ。彼女が社殿《しゃでん》に籠《こ》もったりみそぎをしたりしていることや、木津音神社にときおりやってくる有名人や金持ちと会っていることは知っていたが、神託なんて聞いたことがない。
「神託なんて……」
《木津音本家の娘は天眼の持ち主だ。その天眼の力は、神狐と契って得た力。巫女の力が弱まったから、再び神狐の血を入れて力を取り戻そうとしているのだ》
「だったらお前の相手は結花でしょ」
《その娘には御印があるのか？》
紅葉が口をつぐむと、狐は一つ息をついた。
《御印がないのなら、その娘は神狐とつがいになることはできない》
御印と聞いて、紅葉はぐっと左肩を押さえていた。普段はあまり気にならないが、紅葉の肩には獣に嚙まれたような痕《あと》が生まれながらにあった。はじめは発疹《ほっしん》かと思われたその痕は、一族のあいだでちょっとした騒ぎを引き起こしたらしい。

《それが神狐の花嫁である証《あかし》だ。巫女に天眼の力がなくなると現れる。と、いうことで》

ぐるぐると狐が喉を鳴らして身構える。

《さあ、子作りをはじめるぞ》

飛びかかってくる狐を紅葉は素早く避ける。さっと体を反転させた狐の前足に、紅葉は容赦なく蹴りを入れた。

《ギャン！》

「で？　お前はいたいけな乙女を手込めにするためにわざわざ洞窟で待ってたわけ？」

《誰がいたいけだ！　ぎゃあ！　やめろ、えぐるな！　いたいけな乙女が傷ついた狐に無《む》体《たい》な真似《まね》をするわけが……ぎゃ！　痛い！　私は役目を果たし里に帰りたいだけだ！》

傷口を無遠慮に押すと狐が身もだえする。ギャンギャンと泣き叫ぶ狐は、小柄な紅葉が素早く動くせいで捕捉できず、がつがつと空気を嚙むにとどまった。

ふっと紅葉が狐から離れる。

「お前今、〝役目を果たす〟と言ったわね？　つまり誰かに命じられてここに来たということ？　自分の意思ではなく？」

《当たり前だ。誰が人間の娘とつがいなぞ……》

「──なんてくだらないのかしら。お前には矜持《きょうじ》がないの？　言われるまま人間の娘とつがいになって、それでもなお不満すら言えないの？　それとも逆らえないほど怖い相手？　そんなに立派な体をしていても、ガタガタ震えながらしたがうことしかできないのね」

細い腰に手をあて、紅葉が狐を睨《ね》めつける。

──ああ、なんて情けない。自分の意思すら持てない獣に目をつけられるなんて。

「本当に、呆れるくらいの小物ね」

《私を愚弄《ぐろう》する気か》

狐が殺気立つ。

「違うの？　違わないわよね？　だって、おとなしくしたがってるんでしょ、子狐ちゃん」

《誰が……っ》

牙を剝く狐に紅葉はすっと目を細める。

「──違うの？」

《違う》

きっぱりと断言する狐に、紅葉はふんっと鼻を鳴らした。

「だったら、こんな不当な扱いを強《し》いた相手に報復すべきよ」

《それは……》

「しないのなら、私の報復につきあいなさい」

まるでそれが権利でもあるかのように言い放つ紅葉に、狐は当惑したらしかった。

「だって、これはもちろん、おじさま――総裁は、知っていたんでしょう？　なにも知らず私をここへ閉じ込めたなんて考えられないわ。義理とはいえ九年間も面倒を見てきた娘を獣に嫁がせるなんて……ふ、ふふふふふ」

おかしくておかしくて、笑いの発作に肩が震えた。

《お、おい……》

「本当に、おじさまったら相変わらずクズなんだから！」

にたりと笑う紅葉を見て狐が身じろいだ。尊大な態度と言葉遣いだが、どうやらこの狐は比較的〝まとも〟な感性の持ち主らしい。ライトを拾い、くるりと踵を返して歩き出した紅葉のあとを、警戒気味に距離をおきつつ狐がついてくる。

「狐、あの鉄格子を破ってくれる？」

《私に命令するな》

「そんなに立派な牙と爪があるのにできないのね。なんてこけおどし……」

紅葉はわざとらしく首を横にふる。苛立《いらだ》つように鳴いた狐は、紅葉の脇をすり抜けて洞窟をふさぐ鉄格子に突進した。だが意外なことに、狐の体は鉄格子に触れる前になにかに弾《はじ》かれてしまった。光が小さく空気を走る。体当たりが無駄とわかると鋭い爪で鉄格子をひっかこうとしたが、やはりその手前でなにかに阻《はば》まれてしまった。

「……本当に役に立たないのね」

落胆の溜息《ためいき》がこぼれ落ちる。耳をぴくぴくと揺らした狐は、苛立ったように鉄格子の前をうろうろと歩きはじめた。

「なにもできないならじっとしていなさい。無駄な体力を使わなければ一週間くらいは生きていられるわ」

《人間が、水もなしに？》

「水ならあるじゃない」

紅葉は岩肌を指さした。湧き水でしっとりと濡れている。布をあてておけば水分は得られるだろう。それがあれば一週間はなんとかなる。

《人間は、そういうものは口にしないのではないか？》

「緊急事態ならなんでも口にするわ」

驚く狐に紅葉は当然とばかりに返答する。生きるか死ぬかの状況ならなんでもできる。泥水も貴重な水分だ。納得したのか狐はすとんと腰を下ろし、傷ついた前足を舐《な》めはじめた。血は止まっているが、刃物で切られたかのように皮膚がすっぱりと割れている。幸い骨には達していないようだが、深い傷には違いない。

「ばい菌が入るわよ」

《傷はこうやって治すものだ》

紅葉はスカートのポケットからガラス瓶を取り出した。ずかずかと狐に近づき、頭を押しのけて傷口の泥を洗い流すように瓶の中の液体をかける。すると、狐が身をよじった。

《なんだこれは！》

「消毒よ。じっとしていなさい。お前が舐めるよりずっときれいになるから」

セーラー服のリボンをはずし、傷口をぎゅっと縛る。痛みに飛びのいてうなり声をあげる狐を一瞥《いちべつ》し、紅葉はポケットからハンカチを取り出して濡れた岩肌に貼り付けた。

「消毒液があるだけましよ。私がはじめて閉じ込められたとき、そんなものはなかったわ」

《閉じ込められた？》

「……私は御印があるから本家に引き取られることになったのよ。だから、皮膚ごと御印を削り取れば家に帰してもらえると思ったの。そうしたら、おじさまが怒って私をここに閉じ込めた。夏の暑い日だったのよ。渡されたのはペットボトル一本で、それを飲むと傷口を洗う水がなくなってしまう」

傷口にハエがたかったとき、幼い彼女は震え上がった。傷口が膿《う》めば生きながら虫のエサになってしまう。与えられたペットボトルは傷口を清潔に保つために使い、彼女は岩肌を濡らす泥水をすすって一週間を生き延びた。

「これには面白い余談があるの。一週間後に訪れたおじさまが、剝《は》がれかけたかさぶたを見てこう叫んだのよ。ああ、紅葉！　御印が戻っているじゃないか！　さあ帰っておいで、お父様のところへ！　と。人を殺しかけておきながら、なにを言っているのかしら」

しかし、なるほどようやく意味がわかった。

木津音コンツェルンの総裁である木津音寛人は、御印を持つ娘が神狐とのあいだにもうけた子どもを得るため九年前に紅葉を養女にし、そして、ここに閉じ込めたのだ。

「天眼は便利なの？」

《当然だ。その力があったからこそ今の木津音がある》

財界と繋《つな》がり、有識者とパイプを持ち、著名人とのコネを持つ木津音寛人の人脈は、巫女の力ということか。否《いな》。今やさまざまな事業を展開させる木津音コンツェルンの歴代総裁たちは、巫女の神託によって今の地位を築き上げたということなのだろう。

その巫女の力が弱まった。だから、新たに神狐の血を入れる必要ができた。

「──つまり、私が産んだ子どもが次の巫女になるということね？」

《お前、呑《の》み込みがいいな》

「そして、本家の養女として新たに木津音コンツェルンに君臨する」

子どもを産めば紅葉は用なしになる。だがそれまでは大切な畑というわけだ。いい食事《飼料》を与え、清潔な環境《飼育室》で育て、よけいな虫がつかないよう徹底管理し、来たるべき日に備えた。はたから見れば、紅葉は愛情をそそがれ甘やかされて育ったお嬢様だ。

「あ、は、は。なんて滑稽《こっけい》なのかしら！」

今さら驚くほどのことでもない。七歳のころ、怪我を負った少女を病院ではなく洞窟に運んだような男だ。御印がなければ紅葉に価値はない。御印を皮膚ごと剝ぎ取った紅葉など死んでも問題ないと判断され放置されたのだ。一週間後、御印が無事だと知った彼は慌てて紅葉を抱き上げ、病院に駆け込んだ。

それからは、紅葉に対して異常なほど過保護になった。

すべては次代の巫女を得るため。木津音コンツェルンの安泰《あんたい》のため。

すべては木津音寛人自身のため。

少しは愛されているのではないかと思った自分が惨《みじ》めで、笑いの発作が全身を包んだ。

「あははははは！　いいわよ、やってあげる……!!」

笑いが洞窟に反響する。唐突にぴたりと口を閉じ、紅葉は身構える狐を一瞥する。

「状況はわかったわ。だったらおじさまは、今度はちゃんと私の面倒を見てくれるんでしょうね。生かさず殺さず――そうね、十月十日ほど」

しかし気まぐれな彼のこと、このさきどうなるかの保証はない。以前閉じ込められたときは一週間で解放されたが、今回はもっと長いあいだ、やってこないかもしれない。

「狐、そこに伏せなさい」

紅葉が地面を指さすと狐がちらりと足下を見た。「なぜ」とその目が問いかけてくる。

「もしものときのためよ。体力を温存するのに越したことはないもの」

寛人がジャンクフードの類を嫌うため、非常食さえ持ち歩けなかったのが悔やまれる。

紅葉がしつこく足下を指さすと、狐が渋々と地面に伏せた。やはり大きい。普通の狐の二倍、否、三倍はある。近づいてひざまずき、極上の手触りを持つ体を撫《な》でる。

「剝いで毛皮にしたら気持ちよさそうね」

《ぎゃ⁉》

狐が顔を上げて抗議の声をあげた。

「冗談よ」

紅葉が小さく笑う。一人でここに閉じ込められたときは、怖くて怖くて一日中助けを呼んでいた。当時の彼女はここが私有地だと知らなかったから、誰かが来てくれると期待していた。喉が切れても助けを求め、三日目でようやく死ぬかもしれないと恐怖した。

あのときに比べると、今はずっとマシだ。自分以外のぬくもりがある。紅葉は両手で狐の体をまさぐる。肩から首のラインが意外と太い。大きな耳がかわいらしく、付け根の辺りを両手でもむように搔《か》くと狐がパタンと首を伸ばして伏せた。太いしっぽが大きくゆっくり左右に揺れる。どうやらこうやって触られるのは嫌いではないらしい。

「気持ちがいいの？」

《は⁉　い、いいわけがないだろう！》

うっとりと目を閉じていた狐が、われに返ったように叫んだ。ふっと紅葉が目を細める。

「あらあら、気持ちよくないの？　ここは？　こことか？　それともこっちかしら？」

《ふあああああ〜》

首から顎にかけて撫でてやると狐が溶ける。どうやら相当気持ちがいいらしい。存分に狐の体を撫で回して満足した紅葉は、ぽふっとその脇腹に顔を埋めた。頬《ほお》を包む毛皮の柔らかさ。機嫌がいいのだろう。低く喉を鳴らす音が直接体に伝わってくる。熱と心音。どれもが心地いい。しっぽを掴んで抱き寄せると紅葉はほっと息をついた。

「狐、人が来たら教えなさい。獣なのだから耳はいいのでしょう？」

ささやくと、狐は《ふん》と鼻を鳴らした。

2

木津音寛人が祠《ほこら》に訪れたのは、その日の昼をだいぶ過ぎたころだった。

食事を運んできたというのは口実で、実際には子作りが順調に進んでいるかを確認しに来たのだ。

これに対し、狐はこう答えた。

《なかなか具合がいい》

と。つい先日十六歳になったばかりの紅葉は、一四九センチと小柄で線が細い。同年代の少女と比べても体格差は顕著《けんちょ》で、その割には態度が大きく突飛な行動が目立つ。しかし、れっきとした女だ。次代の巫女を産むにはなんら支障はない。

「そうか、順調か！」

鉄格子ごしの巨大な狐に恐怖したものの、すぐにそれが神狐と気づいた寛人は声を弾ませた。仕込みがすめば十カ月後には巫女が生まれる。巫女が神託を得るのはさらに数年もあと——それまでに木津音コンツェルンが傾くことはないだろうが、神託は会社を大きくするためになくてはならないものだ。人脈を築く意味でも必要不可欠だった。

《ただ、ここはひどくカビ臭い。鼻が曲がりそうだ》

「わかった、すぐにここを開けるよ」

寛人は上着のポケットをさぐる。紅葉が懐妊《かいにん》するまで神狐にはとどまってもらわなければならない。幸い、神狐はこの状況に不満は抱いていないようだ。ならばうまく機嫌を取り、次代の巫女を生み出すために協力をしてもらうのが賢明である。

神狐は意外とかいがいしいらしい。紅葉を呼びながら祠の奥に歩いて行く神狐の姿を見て、寛人は手応《てごた》えに肩を震わせた。

木津音家は典型的な女系家族だ。一族には女しか生まれず、血が薄くなるにつれ男が生まれるようになる。そんな中にあってなお本家の〝長子〟は必ず女で、例外なく天眼の持ち主だ。けれど代を重ねるごとにその異能は薄れ、入婿《いりむこ》として寛人が木津音家にやってきたころにはほぼ失われ、娘の結花は天眼を持たなかった。

野心家の寛人はそんなものに頼る気はなく、自分の力でなんとかなると思っていた。

その力が自分にはあると自負もしていた。

だが、会社を大きくするのは容易なことではなかった。行き詰まって頓挫《とんざ》した計画もある。ようやくの思いでアミューズメントパーク『Kキングダム《ケー》』の企画を立ち上げたが、先人たちが天眼を頼った意味が、そのころになると彼にも理解できるようになっていた。

さきを見通す力。木津音家を繁栄させ、寛人の未来を照らす力。

神より授かりし奇跡――それが天眼である。

神狐をしたがえるようにして祠の奥からゆっくりと姿を現す紅葉を、寛人は満面の笑みで出迎えた。

「紅葉、こっちにおいで。お前は自慢の娘だ」

上機嫌で両手を広げる寛人に〝娘〟もまた微笑《ほほえ》み返した。

3

自室に戻ったら、布団が二つ仲良く敷いてあった。

《まぐわえということか？》

布団を蹴飛ばす紅葉を見ながら狐が首をひねる。

「頭の中が沸《わ》いてるんじゃないの⁉　なにが自慢の娘よ！　自慢の娘に狐と夫婦になれだなんて正気じゃないわ！」

《木津音家は代々そういう家系だ》

「狐は黙ってなさい！」

《狐狐と繰り返すな。私には七星《ななほし》という立派な名が……》

「どう見てもただの狐じゃない。下半身にしか興味がない獣なんて最低だわ！」

《だから私は……》

苛立つ狐の足下からもうもうと煙が立ちのぼる。頭頂からしっぽまですっぽりと煙に包まれた次の瞬間、形のいい頭が突き出した。狐ではなく人間の頭部だ。流れる黒髪の一部は特徴的なほど白い。さらにがっちりとした肩が突き出す。鍛えられた腕には紅葉が巻き付けたリボンがあった。筋肉の隆起するしなやかな背中、贅肉《ぜいにく》など見当たらない腰回り。

そして――。

「服を着なさい、この露出狐！」

きゅっと締まったお尻にふぁさりと揺れたしっぽを見て、紅葉は悲鳴をあげて手元の枕を摑んだ。振りかぶって投げつけると、後頭部にヒットして狐が前のめりに倒れた。それでよけいにひどい格好になり、激高した紅葉がもう一つ枕を投げて畳の上に潰《つぶ》した。

「仕方がなかろう！　これればかりは！」

吠えるように振り返った狐は、青い瞳に端整な顔立ちと、野性味を帯びながらも驚くほどの美形だった。ただ、怒鳴ったついでに耳が飛び出し、美形なだけに〝全裸のケモ耳しっぽ〟という、よりいっそう残念な格好になっていた。

摑んだ掛け布団を投げると、わずかに残っていた煙の中からなにかが飛び出してきた。それが掛け布団にぶつかり、放物線を描きながら畳の上に落ちる。

《グルルルル》

掛け布団を振り払って現れたのは、黄金色《こがね》の毛に包まれたむちむちの子狐だった。さきの白いしっぽを稲穂のように膨らませ、小さな牙を剝いて威嚇してくる。狐（大）は黒い毛が美しい大型の獣だが、狐（小）は全体がまるっこい子犬のようだった。もっとも、狐（大）は、ただの変態にしか見えない状況だが。

「コン太《た》、やめろ」

威嚇し続ける子狐を狐が制する。どうやら子狐の名前はコン太というらしい。

「かわいいわね。非常食？」

「お、お前は言葉を選ばないのか⁉」

《あるじさま！　この女、恐ろしいことを言っております！》

コン太が震えながら狐に飛びつき、お互い抱き合って悲鳴をあげる。

「とりあえず服が必要ね。見るに堪えないわ」

誰か呼びたいが、あいにくと紅葉の自室にはほとんど人が訪れない。紅葉は仕方なく狐たちを待たせて部屋を出た。広い屋敷には美しい絵柄の欄間《らんま》が延々と続く廊下がある。ときおり季節の花を生けた花瓶が飾られ、今が残暑もやわらいだ十月であると伝えてくる。

廊下をしばらく歩いていると、着物姿の使用人を見つけた。

「ねえ、服を……」

声をかけるが、彼女はちらりと紅葉を見ただけで逃げるように去っていった。次に見つけた使用人は紅葉を見ようともしなかった。次の使用人は紅葉に気づくと近くにある部屋へと姿を消した。どうやら紅葉が屋敷を歩き回っているという通達が出たらしく、それからは使用人の姿がなくなってしまった。

紅葉はむっつりと唇を引き結ぶ。服がほしいだけなのに声をかけることさえ難しい。

「……今日は平日だから司は学校よね。そろそろ帰ってくる時間だから玄関で待っていれば会えるかしら。それとも部屋で待っていたほうが……」

使用人部屋は屋敷の北側に集中している。司は一人部屋だから、待っていても他の使用人たちの邪魔になることはないだろう。そんなことを考えながら歩いていると、運よく学ラン姿の司一に呼び止められた。帰ったばかりなのか、新品のようにぴかぴかのカバンを手にしている。

「今日は登校しなかったんですか？　教室にはいらっしゃらなかったようですが」

どうやら寛人の計画はなにも聞かされていないらしい。もっとも、お目付役としてあてがわれたとはいえ、彼もまだ高校生だ。しかも紅葉と一つしか違わない。話せば反対するとわかっていて黙っていた可能性が高かった。

そんな司に狐の話をするのもどうかと思ったが、他に頼める相手もいない。

「司と同じくらいか少し高いくらいだと思うの。服を用意してくれない？」

紅葉の言葉に司は少し戸惑ったような表情になった。柔らかく明るい髪色に優しげな表情、ゆったりと上品に振る舞う彼は、声までどこか独特の甘さを含む。

「服、ですか？」

「ええ。部屋でケモ耳の客人が全裸で待ってるのよ」

「――紅葉様、それは客人ではなく変質者です」

中指で眼鏡を押し上げつつ真顔で断言する司に、紅葉は深くうなずいた。

少し迷ったが、寛人が司に伝えなかった本日の珍事を手短に司に話す。さすがに突飛すぎて信じないと思っていたが、意外なことに彼はあっさりと「そういうことですか」と納得してしまった。

「私もたいがい寛容だけれど、司も極端なくらい理解力があるわね」

「木津音家当主の采配《さいはい》はいつの時代も神がかっていると、僕の父はよく言っていましたから。彼にしたがっていれば間違いはない、と」

　司が家族のことを懐かしそうに話すのは、それらがすべて〝過去〟であるからだ。家族と離れて暮らすという状況は紅葉と変わらないが、司はもっとずっと孤独な身の上だった。しかしそうと感じさせないほど彼はいつも穏やかに笑う。

　使用人の半数が屋敷に住み込んでいて、司もその一人だ。彼の部屋で着物を借り、紅葉の自室に戻る。

　ふすまを開けた瞬間、司は学ランのポケットから携帯電話を取り出した。

「紅葉様、さがってください。あれは変質者ではなく歩くわいせつ物です」

「待て貴様、誰がわいせつ物だと⁉」

「司、通報はだめよ。狐！　仁王《におう》立ちしてないで前くらい隠しなさい！　見苦しいっ！」

《あるじさまは見苦しくないぞ！》

　それぞれが叫ぶ。

「とにかく服を着てください。それから耳としっぽも！　なんとかしてくださいっ！　なんですかその気持ちの悪い組み合わせは！　本当に通報しますよ⁉」

「司、あれは狐だから狐の耳としっぽがついているの。本体は黒い狐よ。すごく大きな狐」

「狐ですか」

「ええ、狐なのよ。ちっちゃいのがコン太で、大きなのがゴン太《た》」

「勝手に名前をつけるな。私の名は……」

「そんなことより早く服を着なさい！」

紅葉は司から着物を奪うと近づいてくる狐に投げつけた。草木染めの着物がふわりと狐の顔面をおおい、飛び出した耳がぴくぴくと動く。相当に怒っているらしく、太いしっぽが空気を激しく叩いていた。

「狐はしっぽをしまって服を着なさい！　それから司、食事をお願い。私たち朝からなにも食べてないの」

「……かしこまりました」

一瞬不満げな顔をしつつも、司はくるりと背を向けた。全裸狐を視界に入れたくないと言わんばかりのきびきびとした動きだ。

「――紅葉様、そろそろ携帯電話を持たれてはどうですか？」

「必要ないわ。私のそばにはいつも司がいるでしょ」

「今朝、僕は紅葉様がさきに登校したと聞いたんです。それなのに教室にはいらっしゃらなくて……まさか狐と祠に閉じ込められていたとは思わずに……」

「だったら、これからはちゃんと見張ってなさい」

紅葉の言葉に司は小さく息をつき離れていった。一方の狐はぶつぶつ言いながら着物を着ている。これが意外なことに似合っていた。狐いわく、着物は里にいたころから好んでよく身につけていたらしい。ただし食事作法はさんざんで、コン太は焼き魚を咥《くわ》えるなり部屋の片隅《かたすみ》に走っていき周りを威嚇しながら食べ散らかし、狐も茶碗を持つことなく顔を突っ込んで食べはじめる。「活《い》きがいいのがいい」とウサギを注文したり、「野ネズミを食わせろ」と言ったり無茶苦茶で、そのたびに紅葉が毛虫を見るような目でいさめ、茶碗を持ち、箸《はし》を使うよう指導した。おかげでたかが食事に一時間以上もかかってしまった。

気づけば夕方で、狐は再び食事を希望し、さらに一時間以上も費やした。

食器を片づけ終えた司に風呂に入るよう指示されると、上機嫌に喉を鳴らしていた狐が怪訝そうに顔を歪《ゆが》めた。

「入浴？　湯に入るのか？　普段から入念に毛繕《けづくろ》いしてるから……」

ぺろりと手の甲《こう》を舐める狐を見て司の目が据わる。

「行きますよ、狐。唾液《だえき》まみれで歩き回られるのは迷惑です。この、僕が、親切にも入浴の手ほどきをして差し上げますからおとなしくついてきなさい」

「ぎゃ！」

司に衿《えり》を摑まれた狐が叫び、耳としっぽが飛び出す。怒ったときや驚いたときには出てしまうらしい。騒がしく二人が退室したあと、紅葉は威嚇するコン太を部屋の隅まで追い詰めた。

「お前も入るのよ」

《近寄るな、小娘！》
「――きれいになったあるじさまが、汚いお前を見てなんと思うかしら」
《な、なにを。わしを脅す気か⁉》
「……ああわかったわ。お前、お湯が怖いのね」
《怖いわけなかろう！》
きいっと反発するコン太を紅葉は素早く抱き上げた。
「じゃあお風呂も平気でしょ？　行くわよ」
コン太は狐とは違う、もっと柔らかい毛並みだった。向こうがビロードの手触りなら、こちらはふわふわのたんぽぽの綿毛だ。なんとも気持ちがいい。
《わしに頬ずりをするなー‼》
じたばたと暴れるが、爪は立てない。意外と躾《しつけ》はできているらしい。軽い足取りで紅葉専用の浴室に向かい、服を脱ぐとシャワーヘッドを構えた。
「さあ、覚悟なさい」
ひっとコン太が毛を逆立てた。

第二章　嵐の予兆

1

「おはよう。ねえ聞いてよ、昨日バイトでさー」

「新しいグロス買っちゃった。どう、この色」

私立木津音《きづね》高等学校は、その半数が中学校からの持ち上がりだ。理事長は木津音寛人《ひろと》だが、妻であり副理事長でもある冴子《さえこ》が実権を握っていると言われている。とはいえ、冴子は海外視察と称しては旅行に出かけ、問題が起これば電話で対応というフリーダムな女帝である。このため、基本的には校長が教員たちとともに学校を運営していると言ってもいい。そこで重宝されるのが生徒会である。年間行事の立案やボランティア全般の音頭を取り、部活の予算や備品の管理、クレーム処理と奔走《ほんそう》する。

理事長の娘二人は、そろって一年一組に籍を置いていた。

実子の木津音結花《ゆいか》は、塾に通っていないにもかかわらずつねにトップクラスの成績を維持し、生徒たちの要望で勉強会を開いてクラスの成績の底上げにも貢献する才女である。物静かで微笑《ほほえ》みを絶やさず、ひかえめな性格の美少女とあって人気も高い。とくに木津音神社の巫女《みこ》としての結花を見た男子は例外なく彼女の虜《とりこ》になって、信奉者《しんぽうしゃ》と言ってもいいほど心酔してしまうのだ。彼女の周りをいつも男子が取り囲んでいる。

養女である木津音紅葉《くれは》は、運動神経はいいものの成績は平凡そのもので、結花が人に慕われ囲まれるのとは逆に嫌われ者だった。だから彼女の周りには誰もいない。家でも学校でも孤立し続けている。

紅葉は自分の机を凝視して腕を組んだ。

昨日は獣姿に戻した狐《きつね》を寝床代わりにして快適な一晩を過ごした。

そして今朝、しばらく子作りに専念するよう言ってきた寛人に辟易《へきえき》しながら「木津音本家の養女が勉学をおろそかにするわけにはいかないわ」と無理やり登校した。

クラスメイトの誰もが昨日一日休んだ紅葉のことなど眼中になかった。

しかし、彼女の机だけは違っていた。

白い菊が生けられた花瓶と紅葉の写真が入った黒縁の写真立てが並べて置かれている。なにで彫ったのか机には〝合掌《がっしょう》〟の文字まであった。一日休んだだけで期待以上の好待遇である。紅葉はすっと目を細めた。

――不満げな寛人を無視して学校に来て正解だった。

心からそう思う。

「司《つかさ》！」

紅葉の声に、クラスメイトたちがびくりと肩を揺らした。そして彼らは、一分もかからず教室にやってきた司一《はじめ》を見てぎょっとする。

「なんだよあれ、地獄耳かよ」

呆《あき》れ声は車屋徳太郎《くるまやとくたろう》のもの。いわゆる〝いじめっ子のボス〟である男子だ。陸上部のスプリンター、運動神経と瞬発力が自慢の脳筋少年で、紅葉とは犬猿《けんえん》の仲だった。

「司、机を片づけて……」

「おっと、手が滑ったあ！」

徳太郎が床に置いてあったバケツを手に取り、近寄ってきた司ともども紅葉に水をひっかぶせる。

「ワリイ、ワリイ。そんなとこ突っ立ってるからかかっちまっただろ」

バケツを振り回しながらへらへらと笑う徳太郎に、一部のクラスメイトはつられて笑い、残りの者たちが冷たい視線をあてる。

「ちょっと、車屋！　こっちにも飛んだんだけど！」

近くにいた女子が怒鳴ると徳太郎が肩をすくめた。

「あー、だから悪いって言ってるだろー」

頭から水をかぶった紅葉は、制服をつまんで小さく息をつく。さすがにこの時季に濡《ぬ》れたままの格好でいるのは辛いものがある。

「司、着替えも用意してちょうだい」

「かしこまりました」

「あっれー、クレハサマはお着替えですかー？」

ケタケタと笑う徳太郎を紅葉はちらりと見やる。子どもっぽくストレートな嫌がらせはわかりやすいぶんストレスがなくていい。

歩き出したとき、男子生徒と談笑する結花と目が合ったが、紅葉はそのまま教室を出た。

「いいんですか？　いつも一方的にやられっぱなしで」

あとを追ってきた司に耳打ちされ、紅葉は鼻で笑った。

「子犬が必死で吠《ほ》えているだけよ。相手にする必要はないわ。それより急いで服と机を。ホームルームがはじまってしまう」

「……わかりました」

今一番の問題は、どんな報復が寛人に痛手を与えるかだ。金銭的な嫌がらせではさしたるダメージにはならないだろう。寛人が関心を持っているのは仕事のこと――十一月一日にオープンするアミューズメントパークである。しかし、工事は順調で宣伝を打ちまくっているから注目度も高く、近日売り出すプレミアム・プレオープンのチケットは瞬殺だと噂《うわさ》されるほどだ。年間パスポートの予約も相当数入っていると聞く。これが成功すれば、国内数カ所で同等のアミューズメントパークが着工する。海外展開も視野に入れ、木津音コンツェルンはさらなる飛躍を遂げるに違いない。

これを潰《つぶ》すのはさすがに困難だ。

紅葉にもできる確実な報復——ふっと、狐の顔が思い浮かんだ。

「いっそ別の男と子作りでもしてみようかしら。なんの力もない娘を〝神託《しんたく》を得る次代の巫女〟としておじさまに渡すのよ。楽しい余興になるんじゃない？」

「ご冗談を」

司を見ながら尋ねると、彼は軽く肩をすくめてみせた。自分を大切にしろだとか、復讐《ふくしゅう》のために生まれた子どもが不憫《ふびん》だとか、そういった道徳的な言葉は一切なく、彼はただ事務的に「冗談」と切り捨てた。温和な仮面の下に隠れる冷酷な本心を垣間《かいま》見た気がして紅葉は興味深く司を見つめる。

「——なにか？」

「いいえ。なんでもないわ」

紅葉は首を横にふり、木津音の関係者専用の個室へ向かった。ついたての奥に引っ込んでごそごそと着替えると、司はとうに着替え終えて紅葉を待っていた。

教室に戻るとホームルームはすでに終わっていた。だが、理事長の娘ということもあってこれといって咎《とが》められることはなかった。机は新品に取り替えられ、紅葉はいつものように快適に授業を受けることができた。しかし、紅葉の頭の中は木津音寛人への報復でいっぱいだった。労力は惜しまない。できるだけ打撃を与える方法を実行したい。

「私が犯罪者になるってパターンもありかしら」

木津音コンツェルンの名に傷がつくのも悪くない。しかしその場合、マスコミに圧力をかけられもみ消されてしまう可能性がある。この不景気に上場株はわずかな振り幅で抑えられ、寛人自身にスキャンダルもなく、紅葉を除けば家族仲もこれといって問題ない。考えれば考えるほどあの男を苦しめる材料が見当たらない。人に言えない趣味だとかウイークポイントの一つもあればよかったのだが、紅葉の知る限りそれらしいものはなかった。

やはりここは体を張るべきか。

悶々《もんもん》と考え込んでいると、教室内が一気に騒がしくなった。お昼の時間だ。校内放送が流れ、生徒たちは購買部に行ったり机を移動させてお弁当を広げたりと忙しい。そんな中、紅葉の周りだけがシンとしていた。いつものことだ。一クラス三十四人——こんなにたくさんの人がいるのに、まるでここには誰もいないかのような、あるいは自分だけが空気になってしまったかのような感覚に襲われる。

せっかく学校に来たのに——。

カバンの中からのろのろと絞り風呂敷を取り出す。結び目をほどくと、螺鈿《らでん》の花も美しい漆《うるし》塗りのお弁当箱が出てきた。

「……声があるだけ、まだ、マシ」

お弁当箱の蓋《ふた》を開け、高級な食材で作られたお弁当を前に手を合わせたとき、再び「おおっと手が滑ったあ！」の声が聞こえ、机が押された。

「あ」

傾いた机は、そのまま派手な音をたてながら床に倒れた。上にのっていたお弁当箱も一緒になって床に転がった。ごはんが床に広がり、彩り豊かなおかずが四方に散った。

「ワリイ、ワリイ。わざとじゃないんだぜ？」

おきまりの台詞《せりふ》とともに徳太郎がにやりと笑う。紅葉は食にはあまりこだわりのない人間で、とくに新しく雇われたシェフとは合わないらしく、はじめの一週間はそれなりにおいしく食べていた食事も、次の一週間にはなんとなく飽きがきてしまった。厳選された食材を使い、一流の腕で調理されたものだ。まずくはない。否《いな》、美味だ。しかし、毎日食べ続けたいと思う味では、残念ながらなかったのである。

それでも、このままというわけにはいかない。

「司！」

いつものごとく紅葉は目付の名前を呼ぶ。なにをする気だと言わんばかりに見てくる徳太郎とその仲間たちは、口々に「早く机直せよ」だの「弁当拾ったら？」だのとヤジを飛ばしている。しかし紅葉は、椅子《いす》に座った状態でそれを無視した。

きっかり三分後、教室のドアが開いた。

「お待たせいたしました、紅葉様。前菜をお持ちしました。主菜は魚料理にいたしますか、それとも肉料理がよろしいですか？」

「ステーキが食べたいわ」

「かしこまりました。イチボをご用意します。シェフおすすめの上質な肉で、さしも細かく舌の上で蕩《とろ》けたいへんに濃厚な味わいだそうです」

屋敷の使用人とは別なのだろう男たちがやってきて、倒れた机を直してクロスを敷き、床に散らばったお弁当を片づけた。司が机の上に彩り豊かなサラダを用意する。お目付役は陰《かげ》から監視するものだが、司の場合は護衛も兼ねているので陰どころか表だって行動することが多い。そのうえ紅葉も堂々と呼びつけるので雑用係にも等しかった。紅葉が個人的に使用する場所には盗聴器や監視カメラがないか定期的に調べさせているが、一声かけると司が飛んでくるところを見ると、校舎の至る所にそれらの機材が仕掛けられているに違いない。

「なあに、車屋くん。食べたいなら恵んでくださいとお願いしたら？」

ぐぬぬっと睨《にら》みつけてくる徳太郎に、紅葉は細い足を大胆に組み替えて微笑んでみせた。

「だ、れが……っ‼」

振りかぶった手を、司が素早く摑《つか》む。

「暴力はよくありません。木津音本家のお嬢様に傷をつけたら会社が傾きますよ」

司の一言に徳太郎のまなじりがつり上がった。

「番犬が吠えるなよ！」

奪うように腕を振り払い、徳太郎が離れていく。いつもつるんでいる友人のもとに行く後ろ姿を見送っていると、生徒たちがちらちらと紅葉を見てきた。代わり映えしない騒ぎに呆れている者もいれば、あからさまに迷惑がっている者もいる。だが、軽蔑《けいべつ》や敵意といった視線も多い。理事長の〝お気に入り〟である紅葉はなにかと型破りで、いつも腫《は》れ物のように扱われ遠巻きにされる。そんな中で突っかかってくる徳太郎は貴重な存在だった。

「総裁に相談されては？」

「必要ないわ。この程度のトラブルならポケットマネーでなんとかなるもの。お金は有効に使わなきゃ」

「無駄遣いですよ」

「机も制服も新品。おいしい昼食に集まる羨望《せんぼう》の眼差《まなざ》し。悪くないじゃない」

高級品で出汁《だし》を取った上品な料理より、単純な味付けのものがおいしく感じる。紅葉の素直な言葉に司は困ったように微笑んだ。

「僕には睨まれているようにしか見えません。デザートのリクエストは？」

運ばれてきたスープを机の上に置きながら司が尋ねたとき、どこからか叫び声のようなものが聞こえてきた。その声がどんどん大きくなっていく。

「少し見てきます」

耳元に手をやった司がそう断るのを見て、紅葉は「行く前にメイン料理を置いていきなさい」とさりげなく要求した。動きを止める司に胸を張る。

「私は育ち盛りなのよ」

「ああ、小さいのを気にしていらっしゃって……」

「お黙り」

「失言でした。少々お待ちください」

にこやかに答えた司は、野次馬にまぎれていったん廊下に出ると、すぐにステーキ皿片手に戻ってきた。紅葉がなにを要求してもいいようにあらかじめ用意していたのだろうが、それにしても手際がいい。さっとサラダを脇によけると、そこに極上の肉が置かれた。弾《はじ》ける肉汁、立ちのぼる香気、シンプルにガーリックだけが添えてあるのがなんとも心憎い。

「それでは、少し席をはずし……」

司の言葉を遮《さえぎ》るように校内放送を報《しら》せるチャイムが鳴った。行儀よくナプキンを広げていた紅葉の視線も自然と上がる。

『生徒会より連絡します。現在、校舎内に大型の獣が侵入したという連絡がありました。生徒の皆さんは教室に戻り、施錠《せじょう》をして廊下に出ないようにしてください。繰り返します。校舎内に大型の獣が侵入したという連絡がありました。指示があるまで教室から出ないようにしてください』

「――大型の獣」

ナイフとフォークを構えたまま、紅葉は校内放送の一文を繰り返す。

肉の焼ける香ばしいにおいに胃がきゅっと鳴る。司が携帯電話を操作しながら思案顔になるのを見て、紅葉は小さく息をついた。

「大型の獣は黒かったりするのかしら。片耳の辺りが白くて、豊かなしっぽを持っていて、顔が狐に似ていたり」

「に、二階の階段を上がってきているようです」

「……首輪をつけておけばよかったわ」

まさか学校にやってくるなんて思いもしなかった。

――昨日。

別々に眠れば寛人が部屋に押しかけてきかねない。だから紅葉は、狐に獣に戻るよう命じ、天然の狐ベッドで一夜を明かした。他人がいることなんて九年ぶりで熟睡はできないだろうと思ったが、シャンプーとリンス、入念なブローのおかげで狐の毛は大量の空気を含んでもふもふで、その手触りとあたたかさに顔をうずめた瞬間、爆睡してしまった。

あれは実にいいベッドだ。

が、しかし、寛人に言われるまま狐と部屋に籠《こ》もって子作りだなんてとんでもない。

紅葉は司とともに登校することを選択した。狐は退屈そうにしていたが、帰ったらなにかおいしいものをご馳走《ちそう》すると約束し、おとなしく屋敷で待つよう説得した。

にもかかわらず、屋敷を抜け出し山を下り、学校までやってくるだなんて。

教室にクラスメイトがなだれ込んでくる。

「木津音さん、こっちこっち！　危ないから廊下から離れて！」

男子が慌てたように結花の手を引く。同じ木津音本家の娘なのに、紅葉の周りには司だけが、結花の周りには多くの人たちがいる。昔から変わらない位置関係である。

「放置しますか？」

司に耳打ちされ、紅葉は結花から視線をはずす。

「そうね。わざわざ厄介《やっかい》ごとに首を突っ込む必要はないわ」

昨日知り合ったばかりで情もなければ恩もない。トラブルのにおいしかしない相手なのだから、これ以上かかわらないのが一番である。警察に捕まれば、あとは適当に処分してくれるだろう。

紅葉はぐっと眉根を寄せた。

寛人が苦労するなら大歓迎だ。狐がいなくなって次代の巫女が生まれなければ、あれほど期待を寄せている彼のこと、落胆はすさまじいに違いない。

「…………」

が、もともと巻き込まれただけにすぎない狐がさらに巻き込まれるのは、さすがに見過ごせなかった。

「行くわよ、司」

溜息《ためいき》をついた紅葉は、ナイフとフォークをステーキ皿の上に添えるように置き、椅子から立ち上がった。窓を細く開けて様子をうかがう生徒や、携帯電話で別のクラスの生徒と情報交換をする生徒がいる中、紅葉は司をしたがえてドアに向かう。

「お、おい、どこに行く気だよ⁉」

慌てたように徳太郎に肩を摑まれ、紅葉は足を止めた。

「――ステーキ、食べてもいいわよ。イチボって一頭の牛からごくわずかしかとれない肉なの。おいしいわよ？」

「マジか⁉　って、そうじゃなくて！　どこに行く気だよ⁉」

紅葉は徳太郎の手を払った。

「私のペットかもしれないから、ちょっと様子を見てくるだけ。……なあに、車屋くんは私のことがそんなにも心配なの？」

「し、心配なんてしてねえよ！　お前のことなんて、誰が心配するかっ！」

叫んで背を向ける徳太郎に紅葉が冷笑を引っ込める。相変わらず扱いやすい男だ。もっとも、木津音本家に引き取られる前はご近所さまで幼なじみでもあったのだから、彼の性格を把握《はあく》している関係で扱いやすい面もあるのだろう。

紅葉が進むとクラスメイトたちが戸惑いながらも道をあける。

司と一緒に廊下へ出ると、カチンと乾いた音とともにドアが施錠された。三階の廊下は野次馬が窓から首を出す以外、感心なことに生徒の姿はなかった。紅葉たちが廊下を歩く姿に戸惑いと非難の視線が向けられたが、気にすることなく突き進んだ。

「それで、狐はどこ？」

「もうすぐ三階にたどり着きます。このまままっすぐ進めば……」

司の声にかぶさるように女の悲鳴が聞こえた。紅葉が正面を見ると、踊り場から黒い獣がぬっと顔を出していた。やはりどう考えても規格外の大きさである。細身だからトラやライオンのような肉食獣に見えない代わりに、ぱっと見、狼《おおかみ》のような雰囲気がある。

しかし、その顔つきはやはり狐なのだ。

《やっと見つけた！　退屈で死ぬかと……》

ぎゃんぎゃん鳴きながら駆け寄ってくる狐に、教室内は完全にパニックになっていた。慌てて閉まる窓がある一方で、開けっ放しになったままの窓もある。恐怖のあまり窓を閉めるのも忘れて逃げる生徒がいるのだろう。阿鼻叫喚《あびきょうかん》とはまさにこのことだ。

紅葉は大きく息をついて拳《こぶし》を握った。床を蹴る狐に合わせてしゃがみ込み、まっすぐ拳を突き出した。

《ぐはっ》

頭上で苦しげな声がして、着地した狐がぱたんと倒れて丸まった。ぴくぴく痙攣《けいれん》する姿を見て、紅葉は拳を握ったまま首をひねる。顎《あご》にあてるつもりが、思い切りみぞおちをえぐってしまった。狐が軽やかに飛んだからうまくいくかと思ったが、狙った場所に打ち込むのは想像以上に難しいものらしい。

《な、なにをする、貴様……!!》

「おとなしく部屋で待ってなさいって言ったでしょ。言うことを聞かない子はお仕置きよ」

しっぽをぴったりと腹にくっつけ抗議する狐に、紅葉はきっぱりと言い放った。教室からどよめきが聞こえ、紅葉は少し危機感を覚える。

「司、狐に服を用意して」

《服？　私は人型になる気は……》

「そのまま歩き回ったら警察が来て射殺されるわよ。お前はどう見ても猛獣《もうじゅう》なんだから」

よろよろと立ち上がった狐が反発するのを聞き、紅葉はずいっと詰め寄った。大きな耳がわずかに下がり、鼻に寄った皺《しわ》が少し浅くなる。

「それともなに？　どこかの動物園に就職したいの？　いいわよ、私は優しいから、たまには会いに行ってあげても。毛並みだけは素晴らしいから、お前はきっと園の人気者になれるわよ。素敵なお嫁さんも見つかって万々歳！」

さらに詰め寄ると、狐の耳がパタンと伏せられた。鼻っ面《つら》の皺は完全になくなり、紅葉の剣幕におされたのか後ずさりをしはじめる。

「ああでも、お前くらい大きな狐は珍しいから、どこかの実験施設に送られるかもしれないわね。小さな箱に入れられて来る日も来る日も検査されるのよ。体中に電極が刺されるかもしれないわ。もしかしたら見本として解剖を――」

《わかった！》

怯《おび》えた狐が叫んだとたん、もうもうと煙が吹き出した。紅葉はぎょっとする。この状況で全裸の変態を人目にさらすわけにはいかない。

「司！」

「はい！」

状況を察した司は、煙の中に手を突っ込むと、右足を軸《じく》にぐんっと体を半回転させ、狐を男子トイレに放り投げた。素早く階段を駆け下りる司を見て、紅葉が男子トイレの前に陣取る。少しずつ煙が消えていくと、様子をうかがっていた生徒たちがほうきやモップを手に恐る恐る廊下に出てきた。トイレの前で警戒した紅葉だったが、幸いにも煙の中から引きずり出された変態は目撃されなかったらしく、生徒たちの注目は煙に集まっていた。

「つ……な、なんだ、いったい……」

狐の声に振り返ると、見るも無惨な格好で起き上がる最中だった。消火器を投げつけて昏倒《こんとう》させたいところだが、あいにくと男子トイレの前から離れるわけにもいかず、紅葉は「じっとしていなさい」と告げて背を向けるにとどめた。

「おい、あれ……」

男子生徒の声にどきりとした紅葉は、皆の視線がいまだ煙の中に向けられていることに気づいた。視線のさきでなにかが動いている。煙に巻かれながらうろうろとするそれは、黄金《こがね》色の毛玉――コン太《た》である。好奇心旺盛《おうせい》な学生に囲まれ、ギャッギャッと短く威嚇《いかく》していた。

「これ、狐か？　さっきのどこ行ったんだ、黒いオオカミみたいなやつ」

「なにこれ、かわいいー」

「触りたい！　噛《か》むかな？　この子、怒ってる？」

得体の知れない大きな獣は怖いが、いかにも無害そうな小さな毛玉はいくら威嚇しても愛らしく見える。しかも実際、あれは相当、手触りがいい。一度触れたら病みつきになるだろう。納得して眺めていると、ジャージを持って戻ってきた司が、生徒に包囲されたコン太を脇目に紅葉のもとに駆け寄ってきた。

「コン太はどうやら狐が人型のときに出てくるみたいね」

「いい生け贄《にえ》ができましたね」

「生け贄とはなんだ、コン太は……ブフォッ」

「さっさと服を着なさい、この露出狐！」

紅葉は司から服を奪うなり振り向きざまに狐に投げつけた。うっかり上履きまで一緒に投げてしまったせいで、威力は抜群である。

「着られるか、こんなもの！」

「贅沢《ぜいたく》言ってたら、剝《は》いだ毛皮でコートを作って一生大事にするわよ」

吠える狐に、紅葉は手をワキワキさせながら告げる。狐の毛皮なら一生もののいいコートができるのは確実なので、口ぶりにも熱がこもってしまった。そのせいで狐を無駄に怯えさせたらしく、素直に「着方がわからない」との申告があった。

「それならそうとおっしゃってください。僕が着方を教えます。紅葉様はここでお待ちを」

「失敗したわ。上質な毛皮を手に入れるチャンスだったのに」

本気で惜しんでいると狐が無言でトイレの奥に引っ込んだ。

「この狐って誰かに飼われてたのかな？　なに食べるんだっけ？」

「油揚げでしょ、油揚げ！」

「ジャムパンならあるけど。あと牛乳も」

「コロッケパン食う?」

　集まってきた生徒たちに次々と食べ物を差し出されたコン太だが、興味はあっても手が出せないらしく、全身の毛を逆立てて四方八方を威嚇している。この状況でしゃべらないあたり、予想以上に冷静なのかもしれない。

「コン太!」

　しゃがんで生徒たちの足のあいだから覗《のぞ》き込むように声をかけてやると、足の林を器用に縫ってコン太が駆けてきた。ポンと床を蹴って勢いのまま紅葉の胸に飛び込む。

「あらあら、こんなに震えて。なんてかわいらしいのかしら」

《は⁉　し、しまった……‼》

　名前を呼ばれてつい反応してしまったらしい。きゅーんきゅーんと鳴いていたコン太が、目をまん丸にしてしっぽを立てた。

「理事長の娘だ」

「あいつ、さっき猛獣の腹に一発入れたぞ」

「あんなにちっこいのに鉄拳《てっけん》制裁かよ、恐ろしいやつ」

「猛獣使い」

「猛獣使いだな」

「狐が懐いてるなんて……」

人だかりからぼそぼそと声が聞こえる。視線はコン太に集まっていた。紅葉の腕からは逃れたい。だが、離れると生徒たちにまた取り囲まれかねないということで、カタカタ震えるコン太は、紅葉の腕の中で身のやり場に困っていた。

そこにちょうど、服を着終えた狐がやってきた。長い黒髪を軽く後ろで束ね、金茶で胸にエンブレムが刺繡《ししゅう》された紺色のジャージを着ている。ごく一般的な学校指定のジャージである。それにもかかわらず、美形が着ると価値も変わってくるとでも言いたげにきらびやかに見えてくるのだから恐ろしい。

「……悪くない着心地だ」

ふむふむと状態を確認していた狐が、半泣きのコン太を見て両手を広げた。するとコン太は紅葉を蹴飛ばし、狐の胸に飛び込むなりきゅーきゅーと鳴きだした。コン太の行動に驚く人もいれば、狐の見た目に騙《だま》されて騒ぎ出す女子もいる。美形は美形だし、司と並ぶと系統がまったく違ってなかなか見栄えがするのだが、いかんせん元を知っているだけに共感しづらい部分が多い。せいぜいが〝変な狐〟どまりである。

そうこうしているうちにチャイムが鳴った。

食にこだわりはないが、食べられないのはさすがに辛い。発端となる狐を睨んだら、なんだこの野郎と言わんばかりに睨み返してきた。

そこに、足音も騒々しく数学の九頭竜坂《くずりゅうざか》がやってきた。

「どうして教室から出てるんだ！　戻れ戻れ！　……だ、誰だお前。ここの生徒か？」

九頭竜坂は、狐を見てぎょっと身をのけぞらせた。

「私は」

「狐です、先生。ほら行きますよ」

司が狐の腕を摑んでさっさと去っていった。司は外見もさることながら、勉強も運動もそつなくこなす〝優等生〟である。教師の心証もいいので、九頭竜坂も「お、おお、そうか」と見送って、思い出したように生徒を教室に追い立てた。

「廊下に出るな、席につけ！」

各クラスの教師が教室に入り、警察官が校内を見回る。〝猛獣〟の姿がないとわかると下校するか授業を続けるか話し合いとなり、結局、そのまま一斉下校することになった。どうやらこのあと、応援に駆けつけた警察官たちが〝猛獣〟を捜すことになったようだ。

いつもと下校時間が違うこともあり、迎えの車を待つのも面倒になった紅葉が先頭に立って歩き出す。生徒の視線は長身のジャージ狐に集中していたが、そばにいるのが紅葉と司の二人だとわかると遠巻きにして声をかけてくることはなかった。

行く先々で猛獣の噂が行き交い、デパートの巨大モニターには、目撃情報多発の〝未確認生物〟のワイドショーが騒々しく流れていた。

モニターに学校が映し出される。集まる報道カメラを見て、紅葉は大股で歩きながら狐を睨んだ。

「お前があんな格好で学校に押しかけるから大騒動じゃないの」

「あの姿のほうが鼻が利くのだから仕方ない」

どうやら紅葉のにおいを追って学校までやってきたらしい。さすが獣だ。しかし、森に囲まれているとはいえ野生の獣にとって町の空気は度しがたいほど汚れているらしく、「空気が苦い」だの「喉《のど》がイガイガする」だの、「目がかゆい」だのと文句を言いはじめた。狐の肩にのったコン太が両前足で顔を何度もこすっている。

「里に帰る」

「だめよ。私の報復に手を貸すって言ったじゃない。それに、狐がいないと、おじさまが子どもができたと勘違いしかねないわ」

「そんなことは……」

狐が言いよどむ。今現在ここにとどまっているのなら、すぐに里に帰るつもりはないのだろう。その理由は――。

紅葉はたたみかけるように言葉を続ける。

「お前だって、お役目をまっとうできなかったと知られれば、また里から追い出されるわよ。腕の傷、そのときのものでしょ？」

朝、消毒するときに改めて思った。鋭くえぐるようにつけられた傷は、獣のひっかき傷だ。だいぶふさがってはいたが、怪我《けが》を負った当初は相当辛かったに違いない。事実、狐とコン太は同時に「ぐうっ」とうなり声をあげて黙り込んでしまった。

「衣食住は確保されているのですから、狐にとっても悪い話ではないと思いますが」

珍しく司が助け船を出してくれる。もっとも、衣に関してはこれからそろえる必要があった。いちいち全裸になるのも迷惑だから、この点についても改善しなければならない。

だが、今はそれよりも。

「お腹《なか》がすいた……」

「なにか用意させます」

司がポケットから携帯電話を取り出すのを紅葉は慌てて制した。

「別に、料理長の手をわずらわせる必要はないわ」

今、紅葉たちがいるのは、木津音〝御殿《ごてん》〟に通じる目抜き通りである。町で一番大きな通りで駅から近いこともあり交通量も多く、それにともなって多くの店が建つ。ビルが並び、デパートやコンビニ、車のディーラー、カフェ、本屋、公園と、さまざまなものが密集していた。その中にいつも紅葉の気を引く場所がある。

ファーストフード店である。

「た、た、たまには、ああいう場所に立ち寄ってみてもいいかなって思うのだけれど」

「寛人様に叱《しか》られますよ」

ここであの外道《げどう》の名を出すか、と、紅葉は少し気色ばんだ。

「結花はなにも言われないんでしょ?」

「結花様はもともとああいうものはお好きではありませんから」

木津音神社の巫女は質素な食事をとるのが習わしらしく、紅葉が毎日口にしているものとは食材から違う。結花は裏庭で野菜を育て、収穫し、調理する。同じ家に住むのに養女と実子以上の差が二人にはあった。

じっと店を見ていると、司が苦笑した。

「内緒ですよ」

そう言って司が手招くのを見て紅葉がぱっと目を輝かせる。

「狐、来なさい。ハンバーガー食べたことある?」

「はん……なんだ?　どんな食べ物だ?」

わくわくと司のあとに続き店内に入る。「いらっしゃいませ」と店員に声をかけられ、紅葉の背筋がぴんと伸びた。登下校は車だから買い食いなんて夢のまた夢だった。基本的な食事は自室でとるし、買い物はブティックの人間が商品の詰まったトラックで屋敷までやってくる。ほしいものは司に言えば手に入り、出かけるときの供まで司の仕事なので、どこに行くのも代わり映えなく、毎日をぼんやりと過ごすことが当たり前になっていた。

それが変化した。

「──狐。お前は私の救世主かもしれないわ」

昨日見たときは不愉快な狐だったが、これはもしかしたらいい狐なのかもしれない。単純すぎるとは思いつつ、紅葉はきょとんとする狐に機嫌よく語る。

「お前は私にとって疫病神《やくびょうがみ》だ。里を追い出されるし、怪我をするし、風呂に入れられるし、食事は面倒くさいし、夜は動けないし、昼は退屈だ」

目を丸くした狐は、すぐさま鼻の頭に皺を寄せ抗議の声をあげた。狐は巻き込まれただけの身だから不満なのはわかる。しかしまさか、疫病神扱いされるとは思わなかった。

「あらまあ、減らず口を。……ムカつく狐ね」

「まったくだ。ムカつく小娘めが」

「睨み合っていないで席に移動してください。お二人とも、食べるんでしょう」

「食べるわ！」

「当然だ！」

肯定した狐の耳が飛び出し、紅葉は飛び上がってケモ耳をぴたんと両手で叩いた。

「い……っ」

「いちいち興奮しないの！　次は引き抜くわよっ」

狐が耳を押さえて後ずさった。その脇を、トレイを持った司がすたすたとすり抜けていく。彼が陣取ったのは窓際の見晴らしのいい場所──紅葉がひそかに憧れていた席だった。

「どうぞ」

テーブルの上に置かれたトレイには、ハンバーガーのセットが二つ。

「これが憧れのジャンクフードね！」

いそいそと席に腰かけ、狐を正面の席に座らせて手を合わせる。そして、テーブルの脇で立ったままの司にちらりと視線を投げた。

「司は食べないの？」

「あまり好きではありませんので」

「……意外だわ」

「なにがですか？」

「司は食べたことがあるのね」

「大衆の食べ物ですから」

いつも紅葉のそばにいて自由になる時間なんてないはずなのに、どうやらそれは勘違いだったらしい。だが、言われてみれば納得だ。もともと彼は紅葉と違って友人も多く、誘ってくる相手も多いのだから。

「紅葉様もこっそりと出かけられては？」

屋敷は広いし、お目付役は司一人。使用人は多いが誰もが紅葉とかかわろうとはしないから、その気になればいつだって抜け出すことは可能だ。店ごと買ってもおつりがくるくらいのお金があり、むしろ食べられないわけではなかった。

けれど紅葉はそうしなかった。

「……一人で食べてもおいしくないわ」

ぽつりとつぶやく紅葉に、司は少しだけ驚いたような顔をした。

「なによ」

「……いいえ。言ってくだされればお供くらいしたのにと思って」

「おじさまに叱られるんじゃないの？」

「バレなければいいんです」

どうやらこの件に関しては共犯者になってくれるつもりらしい。意外な一言に口元をほころばせていると、

「いろんなにおいが混じっている。これはなんだ？　どうやって食べるんだ？」

正面で狐とコン太がくんくんと鼻を近づけ首をひねっていた。紅葉は司から視線をはずし、包みを持つと紙をめくってハンバーガーを出して狐に渡した。

子どものころ、木津音本家に引き取られる前、家族で何度か食べに来たことがある。九年以上も前でどんな味かも忘れてしまったが、みんなで食べた食事がとても楽しくておいしかったことだけは覚えていた。

自分のぶんを手に取り懐かしく眺めていると、

「なんだこの食べにくいものは！　中身が飛び出したぞ！」

《あるじさま！　肉でございます！　落ちましたでございます！》

「なに⁉　本当だ、私のほうには野菜しか残っていないではないか！」

——正面で、阿鼻叫喚の食事がはじまっていた。

「お前たちは静かに食事ができないの？」

《ぬぬ。なんという食感！　あるじさま！　この肉、すっぱいです！》

「こっちは辛いぞ！　な、なんという食べ物なんだ。奇《き》っ怪《かい》な……」

呆れる紅葉の目の前で、肉《パティ》だけを食べるコン太とパティ抜きのハンバーガーを食べる狐のずれた会話が繰り広げられている。紅葉は一つ息をつき、かぷっと一口ハンバーガーをかじった。

「……サイケな味わい」

すっぱいような、辛いような、溶けたチーズがねっとりと舌に絡まり、そのうえ野菜のシャキシャキ感がのっかって、確かに奇妙な食べ物だった。こんな味だったかしらと首をひねりつつ、しかし、食べているうちになんだか妙に癖になる味だと納得した。

《あるじさま！　この細いものはなんですか⁉》

パティを食べ終え、口元をぎらぎらさせながらコン太が次に目をつけたのは、紙のカップに入ったフライドポテトだった。季節ごとにメニューが入れ替わるので紅葉もあまり詳しくはないが、この程度なら十分に知っている品である。

「ポテトよ。ジャガイモを揚げて塩で味つけしてあるの」

「ポテト……」

　紅葉が答えると、狐はふむふむとうなずいて、ポテトを一本つまんでコン太に与え、自分も一本口の中に入れる。

《あるじさま！　イモとは思えない食感です！》

「塩辛いな」

　ううむ、と、うなりながらもまた一本ずつ食べ合う。気に入ったのか、次々と口の中に放り込んでいく。いちいち食事が楽しそうだ。見ていると紅葉のほうにも楽しい気持ちが伝染してくる。と、そこへ店員が困惑気味にやってきた。

「申し訳ございません。お客様、ペットの同伴は衛生上、ご遠慮いただいております」

　どうやらコン太はペット扱いになるらしい。司がすっと店員に近づき、二人して紅葉から離れていく。しばらくして「このまま食事をしてもいいそうですよ」と、あっさり了承を取り付けた司が戻ってきた。どうやって交渉したのかと不思議がりながらも紅葉はドリンクを手にする。一口飲んで思い切りむせた。向かいで狐も咳《せ》き込んでいる。

「舌が！　喉が！」

「炭酸はお気に召しませんでしたか？」

うっかり飛び出した耳をぺたんと伏せ、狐は涙目で司を見た。どういう仕組みなのか、飛び出したしっぽを怒りにぶんぶんとふっている。

「炭酸も久しぶり……!!」

口にするのはお茶か牛乳、あるいは紅茶という紅葉は、角砂糖に換算すると震え上がるであろう甘ったるい飲み物に恍惚《こうこつ》となる。さすがファーストフード店だ。こうでなければならないと感服する。

「……たまに紅葉様は、変わったベクトルで満たされてらっしゃる気がします」

当惑気味の司に「普通よ」と返してポテトをつまんだ紅葉は、完食した向かいの一人と一匹にポテトを半分進呈しながら食事を進める。

そうしてすべてを平らげ、上機嫌のまま帰途についた。

2

夕食はいつも通り自室でとった。

厳選された食材に、有名旅館で修業したという腕で調理された料理は、昼間の刺激的な食事と比べるとおいしいのだけれど物足りない。食が細いわけではないのに早々に食事を切り上げることになった。

今日も司が風呂に入れてくれたおかげで、狐の体はどこもかしこも贅沢な手触りだった。上機嫌になった紅葉はコン太を抱きしめながら狐ベッドで眠るという野望を抱いた。しかし、コン太が出るのは狐が人型のときだけだった。人型の狐と一緒に寝る気など毛頭ない紅葉は、渋々とコン太をあきらめ、狐ベッドに潜り込むことになった。

《私は寝床ではないのだが》

鼻の頭に皺を寄せながら不満げに告げる狐に、

「獣の姿でゆっくり休むのと、手足を縛られて部屋の隅《すみ》に転がされるの、どっちがいい？　私は優しいから選ばせてあげる」

心を込めて丁寧《ていねい》に提案すると、あっさりと獣の姿を選択した。

そんなわけで、本日も贅沢な天然狐ベッドでの就寝である。

しかし、昼間食べたファーストフードが思った以上に塩辛く、夜中に喉の渇きを覚えて目が覚めてしまった。

柱時計は日付をまたいでいた。

「ふあ……」

ごしごしと目をこすりながら部屋を出て、長い廊下を歩く。夜中に起きることなど滅多にない紅葉は、当然のことながら深夜の屋敷を歩き回ることもない。だからちょっとだけドキドキした。等間隔にフットライトが設置された台所までの道のりに人の気配はなく、柱の間接照明が柔らかな夜を演出していた。山間の町、その山腹に建てられた屋敷は他の家々より少しだけ秋が深まるのが早い。肌寒さに肩を震わせ、浴衣の裾《すそ》をわずかに乱しながら歩いていた紅葉は、視界を横切る光にふっと顔を上げた。

神楽殿《かぐらでん》に明かりがある。

紅葉は不思議に思いながら明かりに誘われるようにふらふらと歩く。木津音神社と屋敷は長い渡り廊下で繋《つな》がっているが、用がないので滅多に行かないためか、近づくとなおのこと鼓動《こどう》が速くなった。

シャランッと、鈴の音《ね》が聞こえてきた。速いテンポだ。シャン、シャン、シャンッとなにかに追い立てられるように音が続く。軽く木を叩くような音。床の軋《きし》みに弾む息づかい、そして、再び鈴の音。

回廊にたどり着いた紅葉は、細く開いた障子《しょうじ》の隙間《すきま》から中を覗き、はっと息を呑《の》んだ。揺れるろうそくの明かりの中、緋袴《ひばかま》が炎のように舞っていた。千早《ちはや》の袖《そで》が空を切り、手にした神楽鈴が幾重にも音を奏でていく。飛び散るのは汗だ。神楽殿で無心に舞を舞っていたのは木津音結花――書類上の紅葉の〝姉〟であった。

木津音神社の巫女神楽は二通りあり、その一つは奉納舞で新年におこなわれる夜《や》神楽だ。神楽殿はたいまつで照らし出され、巫女装束もあでやかに結花が舞を奉納《ほうのう》する。

そして、もう一つ。

昔ながらの意味もそのままに、神を降ろすための神事《しんじ》がある。それは数時間にもおよぶ特別な巫女神楽――意識を失うまで舞い続けた巫女は、神託を得るという。

「天眼《てんがん》」

それこそが一族を繁栄に導いた特別な力。

だが、結花はその力を持たず、紅葉が次代の巫女を産むためにここに引き取られた。

シャランッと神楽鈴が空気を震わせる。踏み出した床に赤く筋が走る。結花は素足だった。足の裏は真っ赤で、皮がめくれていた。紅葉は目を見張る。結花はなおも踊り続け空気を鈴の音で埋めていく。ずるりと足が滑り、膝《ひざ》からくずおれる。細い体が床に投げ出されたとき、紅葉が障子を開けるより早く結花に駆け寄る影が複数あった。

「お嬢様！　もうおやめになってください！」

「このまま続けていたら体がどうにかなってしまいます……っ」

「お嬢様、ああ、おいたわしい……」

使用人たちだ。男も女も入り乱れ、年齢もまちまちだ。知った顔もあった。彼らは結花を抱き起こすと声をかけ、あるいは水を運び、タオルを差し出し、うちわで風を送る。皆が息も絶え絶えの結花の身を案じて不安げに顔を曇らせている。

「ごめんなさい。大丈夫。もう少し……もう少しだけ、やらせてください」

受け取ったコップに口をつけ、ふうっと息を吐き出して結花が笑った。野に咲く花のような可憐《かれん》な微笑みに、使用人たちは何度もうなずいている。明日も早いだろうに、誰も結花から離れようとしない。

　誰からも愛される、それが木津音結花だ。足を手当てされ恥じらった彼女は、みんなに手を貸されてゆっくりと立ち上がる。彼女の周りが優しい空気で満たされているようでまぶしかった。

　紅葉も好かれようとしたときがあった。使用人たちに話しかけ、愛嬌《あいきょう》をふりまき、いい子でいようと努力した。けれどどんなに声をかけても無視し続けられ、やがて声をかけることすらあきらめた。屋敷で無視され、学校では〝木津音のお嬢様〟と遠巻きにされ、友人に大怪我を負わせ自分の立場というものを理解してからは、すっかり性格がねじ曲がってしまった。

　結花とは雲泥《うんでい》の差だ。

　紅葉はそっと足を引く。

　神楽殿を離れて台所で水を飲み、そのまま暗い廊下をとぼとぼと自室に向かう。

　布団の上には豊かな毛を波立たせるように狐が眠っていた。しっぽを持ち上げて腹の中に潜り込むと鼓動が伝わり、熱が全身を包み込んだ。

　一人はいやだ。無視されるのはいやだ。そこにいるのにいないように扱われるのは、苦しくて辛くて、息ができなくなってしまう。

この広い屋敷でたった一人――。

《ん……？　なんだ、戻ったのか……？》

身じろいだ狐から、体に直接響くように声が聞こえてきた。と同時に、寝ぼけた狐が紅葉の体を巻き込んで丸くなった。全身に力を込められ、紅葉は息苦しさに寝ぼけた狐の体を何度も叩く。

「狐！　苦しいわ！」

訴えに狐の体が弛緩《しかん》する。だが、放すまいと言わんばかりに抱きくるまれ、紅葉の小さな体が極上の毛皮に柔らかく包まれた。

一人じゃない。

そのことに気づくと胸の奥がジンと痺《しび》れた。

狐がそばにいてくれる。だから、今はもう寒くない。

「……お前は変な狐ね」

《ぬかせ。お前のほうがよほど……》

声がかすれ、寝息に取って代わる。それでも包み込む強さとぬくもりは変わらず、凍えきった体と心にじんわりと染み込んできた。

紅葉は深く息をつき、狐の体を撫《な》でる。

目を閉じて、ぎゅっとその体にしがみついた。

3

「私をおいていく気か？」

箸《はし》に奮闘しながら朝食をとる途中、狐がジト目で紅葉にそう尋ねてきた。

狐が木津音の屋敷にやってきて三日目の朝である。昨日は部屋で待たせたら勝手に歩き回って町中を恐怖の渦に巻き込んだ。

「新聞の一面トップ記事でした」

箸でコン太に刺身を与えながら司が報告する。

「一部の地域では交通規制もおこなわれたようです。目撃情報に懸賞金も出るとか」

《あるじさま、ゆうめいじんですね！》

「ゆ、有名人か」

「犯罪で新聞に載っても自慢にはならないわよ」

紅葉が釘《くぎ》を刺す。しかし、このまま登校すれば昨日の二の舞になることは容易に想像ができてしまう。大きな騒ぎが起こって木津音寛人が困るのは大歓迎だが、彼の場合は金と人脈でどうとでももみ消してしまうだろう。それ以前に、昨日のことを考えれば、歩き回るだけで無関係な人たちにも迷惑をかけるのは確実だ。

どうやってこの狐を黙らせるか。やはりここは一服盛って眠らせるのが得策か。あるいは、狐が飽きないようななにかを準備するか――。

「司、いいことを思いついたわ」

「……紅葉様はお気づきでないようなのであえて言わせてもらいますが」

「ええ、なあに？」

「そういう顔をされているときは、だいたいが悪手です」

ひどい偏見だったがなかなか面白い意見だ。

が、紅葉は無視して行動に移した。その日、一年一組のホームルームに黒髪に青い目という、日本人離れした容姿の〝転校生〟がやってきた。

ぽっちゃり系でやや押しの弱い担任の双小瀬香織《ふたこせかおり》は、突然押しつけられた転校生と騒ぎ出す生徒たちを前にオロオロとしていた。

「え、えっと。今日から一年一組に新しいお友だちが増えます。え……っと、あの、これ、狐くん、で、いいんでしょうか？」

紅葉が渡したメモを読みながら、双小瀬は困惑して学生服が似合わない男を見上げた。

「違う、私は……」

「ただの狐よ。ただの狐」

すかさず紅葉が口を挟むと、双小瀬はポンと手を叩いた。

「多田野《ただの》狐くんですね！　多田野くんの席は、窓側の一番後ろです。皆さん、仲良くしてあげてくださいね。多田野くんは、えっと、設定が帰国子女、ということです！」

なぜ注釈の〝設定〟というただし書きまで読んでしまうのか。紅葉は御《ぎょ》しやすいのか扱いにくいのかよくわからない女教師を凝視する。クラスメイトは「設定ってなんだ」「青い目だ」「帰国子女ってことは日本人？」「狐って名前個性的ね」といっそう盛り上がった。しかも、コン太が肩にのったままなので注目度はこれ以上ないほど跳ね上がった。せめてコン太は屋敷においてくるべきだった。あまりに自然に連れ歩くものだから、セット品のように扱ってしまったことが悔やまれる。

一時限目は現国だった。狐は周りの生徒に言われるまま、教科書とノートを机に広げた。授業開始十分でいきなり椅子から立ち上がった彼は、そのまま教室から出て行こうとして教師に止められた。

「なぜ出てはだめなのだ。こんなつまらない話を聞いてなんになる？」

退屈な授業と定番の現国は、あくびを噛み殺すか、あるいは授業の邪魔にならないよう居眠りする生徒であふれかえる。そんな中、狐は実にすがすがしい一言を吐いた。

「君は学校になにをしに来ているのかね⁉」

「暇つぶし」

「んな……⁉」

「寝るのは飽きた。話し相手もいないし、やることもない」

「が、学校は勉強をするところだ！　学校に来たのだから授業は受けなさい！」

唾《つば》をまき散らしながら怒鳴る現国教師に、狐は渋々と椅子に腰かけた。ただしこの狐、ノートをとろうとせずじっと教師を睨むだけなので、プレッシャーがすさまじかったらしい。授業が終わるころには教師のほうがへろへろになっていた。

「多田野くん、すごーい！　現国って超つまんないよね！」

「よく言った！　あいつの授業は、なんつーか苦役？　みたいな？」

休み時間、狐はあっという間にクラスメイトに取り囲まれた。そしらぬ顔の紅葉と、取り巻きに囲まれた結花だけが椅子に腰かけている状況である。

「この子って多田野くんのペット？　なんか狐みたいー。かわいいー」

「っていうか、ペット同伴っていいんだっけ？」

しゃべるなと言ってあるから、コン太は次々と伸びてくる手にぶるぶると怯え、狐に助けを求めるようにその脇腹に鼻っ面を突っ込んでいた。相当に怖いらしく「きゅーきゅー」と鳴く声が紅葉の耳にまで届く。その鳴き声がかわいらしく聞こえたのか、女子が興奮して狐からコン太を引きはがそうとした。

「触らないほうがいいわよ。狐にはエキノコックスっていう寄生虫がいて、卵が孵化《ふか》すると体中に寄生してゆっくり臓器を蝕《むしば》んでいくの。いずれは全身に嚢胞《のうほう》ができて取り返しがつかなくなるんですって。怖いわよねえ、自覚症状もなく食われ続けるのだから」

紅葉が鼻で笑いつつ冷ややかに断言すると、女子の手がいっせいに引っ込んだ。その隙に、紅葉はコン太を抱き上げて自分の席に戻った。

「な、なにあれ、感じ悪い」

「多田野くん、あの子には近寄らないほうがいいよ。いやな思いするから。結花ちゃんの妹なんだけど、養女なんだって」

「なんつーか、いっつもツンケンしてるんだよなあ。話しかけてもまともに返さねーし」

男女入り乱れ、紅葉への非難がはじまる。席について窓の外を眺めていると《いいのか？》とひかえめなコン太の声が聞こえてきた。

《言われっぱなしだ》

「嘘《うそ》は言ってないわよ。そんなことより黙ってなさい。しゃべる狐なんて、海外に売られて見世物小屋で一生こき使われる運命なんだから」

《ひっ》

「ゆくゆくは毛皮ね。お前は小さいから、いい帽子になりそうだわ」

コン太はぺたんと耳を伏せ、ぴたりとしっぽを腹にくっつけた。紅葉の体にひっついてぷるぷる震えだす姿にちょっと言いすぎたと反省し、両手で耳の後ろをもむように掻《か》いてやる。気持ちがいいのか、すぐにコン太が蕩《とろ》けだした。頭を撫で、背中をたどる。そうし

てその手触りを楽しんでいると、

「おおっと、今日も手が滑ったあ！」

おきまりの台詞とともに黒板消しが飛んできた。ひょいっとよけると、窓枠にぶつかって白い煙が広がった。

「よけるなよ！」

「ワンパターンよ、車屋くん。車屋くんが汚したんだからちゃんと掃除しなさいよ」

「わ、わかってるよ！」

いじめっ子のくせに変なところが律儀な徳太郎は、紅葉の指摘に怒鳴り返すなり雑巾を取りに離れていく。一方狐は、相変わらずクラスメイトに取り囲まれて質問攻めだ。

「多田野くん、帰国子女ってどこに住んでたの？」

「里だ。それより私は多田野ではなく……」

「サト？　どこ？　アジア？　ヨーロッパ？」

「多田野くんノートとってないの？　もしかして字が書けない？　さすが帰国子女！」

「多田野くんって背が高いねえ。何センチ？」

「だから多田野ではなく」

「多田野くんって今フリー？　髪が白いのって脱色してるの？」

「ねえねえ多田野くん、校内の案内してあげようか？」

耳が出ていたら伏せていそうな表情だ。そんな様子をちらりと見やってから、結花の取り巻きが結花に向き直った。

「木津音さん、Ｋ《ケー》キングダムのプレミアム・プレオープンのチケットって、身内ならもう手に入ったりする？」

騒がしさに気後れしながら、健気《けなげ》にもネタを探して話しかける。オーナーの娘だから入手しやすいと思われているらしい。確か、プレオープン前に三千人を来場させる特別プランだ。価格は五万円と金額もプレミアムで、それにはプレミアム・プレオープン当日の乗り放題のパスと、どの店でも食べ放題になるパス、さらに年間パスもついてくるらしい。値段の高さで話題になったチケットは、詳細がわかるにつれ〝お手頃〟というイメージに変化していった。

「……買い占めてやろうかしら」

入場者がいないとなると、寛人の面目は丸つぶれだ。マスコミもこぞって書き立てるに違いない。しかし、いくら寛人が力を入れる肝の事業とはいえ、それだけでは溜飲《りゅういん》が下がらない。もっと決定的な報復がしたい。

「多田野くん。あの子、あのままでいいの？」

紅葉がコン太を抱きしめているのが不満らしい女子が小声で狐に尋ねている。「多田野」と繰り返し呼ばれ、質問攻めで訂正もできない狐は、うんざり顔で紅葉を一瞥《いちべつ》した。

「あのままでいい。コン太もおとなしくしてるようだからな」

淡々《たんたん》とした狐の声に紅葉は目を細める。

すぐにチャイムが鳴って、二時限目の授業がはじまった。


学校という建物は、内装がどこもそっくりでわかりづらい。

木津音の屋敷も同じようなふすまと障子の連なりでにおいをたどらないと迷子になりそうだったが、ここはそれ以上に厄介だ。空気は悪いし整髪料や香水といった嗅《か》ぎ慣れないにおいが大量にあふれていて鼻が曲がりそうだった。

しかし、好奇心には勝てなかった。

授業だチャイムだと言いながら生徒たちが教室に入っていくのを見計らい、一人になった狐は好奇心のおもむくままドアの一つを開ける。

「ここはなんだ?」

半裸の女が大量にいた。耳に突き刺さるような悲鳴に驚き、狐は慌ててドアを閉めた。

いいにおいに誘われて一階に行くと透明の紙に包まれた食べ物があった。摑んで口の中に突っ込んだら向かいに待機していたふくよかな女にひっぱたかれた。

「食べるのはお金を払ってから!　って、おやあんた、外国の人?」

「転校生、というらしい」

目をまん丸にして答えると、購買部の女は太い腰にむちむちの拳をあてて上体を反らした。

「じゃあ今日はサービスだ。次からはちゃんとお金を払ってから食べるんだよ」

「承知した」

「それから、お昼はもうちょっとあと。今は授業中だろ。サボっちゃだめだよ。明日からは授業が終わったら買いにおいで。一番人気はカレーパンで次がメロンパン。大量に仕入れているけどいつも売り切れるから、ほしかったら早めにおいでね」

「うむ」

透明の紙のむき方を教わり、狐は三番人気の焼きそばパンを頬張《ほおば》りながら廊下を歩く。うろうろと適当にドアを開けると、どよめきが起きたり怒声が飛んできたりと騒がしかった。途中で老人がやってきてがみがみと説教をしはじめ狐はうんざりとする。里にいたときと同じだ。

黒狐《こくこ》は神獣《しんじゅう》である。

本来なら何百年と生きた狐が神狐《しんこ》になるが、里には昔から神狐として生まれつく狐がいる。黒狐は泰平《たいへい》が訪れることの先触《さきぶ》れで、里に平和をもたらすとされていた。流行病《はやりやまい》や自然破壊によって住む場所を追われていた狐たちは、黒狐の誕生におおいに沸《わ》いた。だが奇跡は一度として起きず、やがて彼は〝出来損ない〟と陰口をたたかれるようになった。体の一部が白いのも〝出来損ない〟の証《あかし》だとそしられることもあった。そんな噂が広まると、皆が手のひらを返した。〝あれ〟だの〝それ〟だのとものののように扱ったあげく、半端な黒狐がいるせいで新しい黒狐が生まれないのだと声高《こわだか》に責め立てる者まで現れた。

そして彼は、厄介者のように里を追われた。

今里へ帰れば、勝手に期待して勝手に失望した者たちにまた疎《うと》まれる。怒鳴られたり殴られたりするのは平気なのに、死を望まれるのだけはどうしても慣れない。

思い出すだけで気が滅入る。

「……里のことはどうでもいい」

どんどん不快感が増して、狐は思わず口に出していた。期待し、失望した里の者たちは、次に人里に降りろと言ってきた。本当に身勝手な話だ。

「なぜ私が人間の女とつがいになど……」

老人を振り切って堂々巡りの文句を口にする。しかもつがいに選ばれた娘は予想以上に〝個性的〟なのだ。小さな形《なり》で狐を恐れることもなく悪態をつき、命令し、ものを投げつけ、鼻でせせら笑う。おまけに狐に怯えるどころか「報復に協力しろ」と要求し、そのうえ、狐の体を布団代わりに眠ってしまうほどの図太さだ。

人間は皆あんな感じなのかと町を歩き回ったら騒動になった。司という男ですら、はじめて獣姿の狐を見たとき尻込みして動きが遅れた。

あの娘だけが〝特別〟なのだ。

特別に奇妙で、特別にわずらわしい。

あんな娘、こっちのほうから願い下げだ。

ふつふつと湧いてきた怒りのままに歩いていたら、どこからかささやくような声が聞こえてきた。男のものだ。焦っているのか声がいささか裏返っている。

「は⁉　なんだよ、それ！　キャンセルされたって……またかよ、何度目だよ⁉」

鈍く響く音は、なにかを殴ったときのものに違いない。

「――それって、木津音コンツェルンの系列会社だろ？」

低い声は苛立《いらだ》ちにざらつく。意外なタイミングで出てきた名前にしばし思案し、そろりと男子トイレを覗き込んだ。そこには、小箱を耳に押しあてて話し込む少年がいた。ことあるごとに「おっと手が滑った」というかけ声とともに紅葉に突っかかってくる件《くだん》の男子である。どうやら彼も「授業をサボった」らしい。

「大丈夫かよ、工場。……だから、俺に関係ないわけないだろ！」

少年は壁を蹴飛ばし声を荒らげる。狐はひょいと首を引っ込め、トイレから離れた。

「あれは、けいたいでんわ、だな。司が持っていて、紅葉が持っていないもの」

連絡を取るときに使う機械だ。怒るくらいなら話なんてしなければいいのに、と、狐はなおもぼそぼそと声の響く男子トイレを振り返る。

それにしても、世の中には便利な道具があふれている。乗り物は移動に便利で、どこからでも声が聞こえ、知識はすぐに手に入り、照明器具でいつでもどこでも明るく、食べ物はあたたかい。しかし、生ものを好み、足が速く夜目が利き、耳がよく目も鼻もいい狐にとって、人里の暮らしはよけいなものが多いように思えてしまう。

騒がしさに足を止めると、大きな板に現れた絵を皆で取り囲んでいる部屋があった。狐ははっと身を乗り出した。絵が動いている。

「あ、あれは、てれび、か！　町中にあったものと形が違う！」

興奮のままドアを開けた。

「てれびを、見ているのか！」

ばっさばっさとしっぽが揺れる。一瞬、シンとなった部屋の中、すぐさまどよめきで埋め尽くされた。ぎょっとした狐が部屋から飛び出し、耳としっぽが出ていることに気づいて慌ててしまっていると、あとを追うように教師が出てきた。

「君はどこのクラスの生徒ですか⁉　授業中でしょう！　なにをしてるんですかっ！」

尖《とが》った眼鏡を押し上げ、女教師がキンキン声で叫ぶ。思わず耳をふさぐと、廊下の反対側から女子生徒が駆けてきた。

「今、生徒会から緊急連絡が入りました。その人を、生徒会権限で拘束《こうそく》します！」

息を弾ませながら女子生徒が叫ぶ。こちらの声も耳に刺さる。

興味のおもむくまま校内を荒らし回った狐は、そして生徒会室に連行されたのであった。

4

生徒会役員たちに緊急メールが入ったのは、四時限目に入ってしばらくたってからのことだったらしい。

いわく、校内をうろつく生徒がいる。拘束せよ、と。

なんでもその生徒、調理実習中の調理室に入って勝手につまみ食いし、女子更衣室を堂々と覗き、購買部で万引きまがいの行動をとり――購買部のおばちゃんが「外国の人だから知らなかったんだろ」と好意的に見逃してくれたらしいが――授業中の教室のドアを開けまくり、視聴覚室でケモ耳を披露しと、いろんな場所で授業の妨害をし続けていた。

受け持ちの授業がなかった教師数人がその男子生徒を捜して回り、最終的に捕まえたのが生徒会の副会長であったらしい。

それゆえ、その不審な男子生徒は生徒会室に軟禁されることとなった。

「これだけ荒らして回って軟禁ですむなんて……すごいわね、帰国子女。普通は通報されて警察が来るレベルの案件よ」

「帰国子女の認識がだいぶ間違っている気もしますが……」

四時限目に狐の姿が見えないと思ったら、校内を歩き回っていたらしい。紅葉と司は事情を知って呆れ顔になった。本気で首輪を導入する必要があるかもしれない。

《あるじさまあ》

大股で歩く紅葉の腕の中で、コン太がきゅーきゅーと鳴いている。徳太郎も教室にいなかったから、てっきりあっちがなにかしでかしているのかと思ったが――やはりというか案の定というか、狐一人で校内を荒らしていたようだ。さすがに放置するわけにもいかず、今日もお昼の時間を返上して紅葉は別棟にある生徒会室へ急いだ。

木津音高等学校は校舎が四つにわかれている。必要に応じて増設した結果である。渡り廊下を通って北棟の三階にある生徒会室に行き、大きく一つ息を吸い込んだ。

「双小瀬先生は〝転入生です〟の一言でオールスルーしてくれる寛容な女性で楽だったのだけれど、生徒会は大丈夫かしら」

「……あとから絶対問題になりますよ」

額《ひたい》に手をあて、眉間《みけん》に深い皺を刻んで司がうめく。一つ大きく息を吸った彼は、なにかを吹っ切るように中指で眼鏡を押し上げた。

「僕が手を回しておきます」

意外な申し出だったが、彼が処理してくれるなら今後問題になることもないだろう。

「ありがとう。助かるわ」
紅葉は生徒会室のドアをノックする。中から「どうぞ」と男の声がするのを聞いてから
ドアを開けると、アンティーク調のかわいらしい家具が視界に飛び込んできた。誰もが戸
惑う規模の日本家屋に住み、和簞笥《わだんす》や一枚板のテーブル、姿見、錦鯉《にしきごい》の泳ぐ池を日常的に
見てきた紅葉にとって、猫足テーブルやチェスト、本棚は憧れの的だった。丁寧な彫刻も
美しく、花柄のタイルにも胸が躍《おど》る。が、革張りのソファーにちょこんと腰かける狐を見
ると、そんな気持ちも吹き飛んだ。
狐は、目の前に座る生徒会長に睨まれ、完全に固まっていた。
「なにしてるのよ、お前は！」
紅葉が怒鳴ると、狐は金縛りからとけたように項垂《うなだ》れた。
「一年一組多田野狐、帰国子女。字も書けない、常識もない、自分が暮らしていた場所も
説明できない。現在の住居は……」
黒縁眼鏡をきらりと光らせ生徒会長が言葉を切る。紅葉は「ふんっ」と鼻を鳴らした。
「木津音の〝御殿〟よ。ちなみにそこに住んでるのは、私と私の姉の結花、それから使用
人が五十人以上。その中には司も含まれているわ。狐は使用人の息子なの。まだ日本語が
不自由なのよ。仕方がないでしょう、帰国したばかりなのだから」
「……帰国したばかり、か。それにしては、口語に関しては感心するくらい堪能だね。が、

英語はまるでだめだ。これに関しては日常会話に支障が出るレベルだ。不思議なことに、多田野くんは〝レベル〟の意味もわかっていない」

遠回しにいやな指摘をしてくる。教師なら理事長の娘とあって追及の手もゆるむのに、下手に生徒会なんかに捕まったばかりに面倒なことになってしまった。

紅葉がぎろりと狐を睨むと、彼は肩をすぼめて小さくなった。コン太もそんな狐に影響されたのかぶるぶると震えている。

「それで、なにが言いたいのかしら」

「問題行動が校内にとどまったため、かろうじて犯罪というレベルには達していないので僕からの言及は控えよう。ただし、次はないと思ってくれ」

にっこりと微笑んで生徒会長は狐を解放した。紅葉にうながされて立ち上がった狐は、そのまま紅葉に続いてよろよろと廊下に出た。

「いやな相手に目をつけられたようですね」

司は困ったように生徒会室を見る。あの言い回しなら狐は確実に要注意人物としてリストに入っていることだろう。なにかやらかすたびにチェックが入るに違いない。

「頭が痛いわ。狐はどうして教室でじっとしていられないの！」

「暇だ」

「授業はそういうものなの！　だいたい、生徒会になんて目をつけられてどうするのよ。

生徒会は意外と権限が……」

そこまで言って、紅葉は口をつぐんだ。

生徒会は意外と権限がある。しかも、教師では踏み込めないことにも平気で踏み込んでくる。高校一年の秋――ここで敵対するのは得策ではない。

否、この場合は。

「司、いいことを考えたわ」

「……今朝もお伝えしたと思いますが」

「私がこういう顔をしているときは、だいたいが悪手？」

狡猾《こうかつ》な獣のように目を細める自分の顔が窓ガラスに映っていた。

なるほど、これが悪手を打つときの顔かと、紅葉は妙に納得する。いかにも悪そうな顔だ。

だが、嫌いではない。

紅葉の問いに司は軽く肩をすくめた。

第三章　いざ、頂上決戦へ！

1

その日、校内を衝撃が襲った。

朝一番に掲示板に生徒会立候補者が貼り出されたためだ。もちろん、それ自体は珍しいことではない。年に二回、四月と十月に生徒会総選挙がおこなわれることは前もって決まっていた。立候補締め切りが終わってすぐに選挙活動が二週間続き、演説と投票がおこなわれて即時開票され、翌日には結果が発表される。立候補者が一人だとよほどのことがない限り当選するのが通例で、その場合、現生徒会の肝いりであることが多い。十月の生徒会総選挙は三年が引退するため、二年の当選率が格段に上がるのも通例だ。

その、生徒会総選挙において。

「生徒会会長立候補者が、二人とも一年って」

「しかもこれって」

掲示板の前にできた人だかりが困惑気味にざわめく。

会長立候補二名
木津音結花《きづねゆいか》（一年一組）
木津音紅葉《くれは》（一年一組）

副会長立候補一名
仮面X《エックス》（未発表）

以下、会計と書記、それぞれ四名の立候補者の名前が書かれていた。

「会長選は木津音姉妹の一騎打ちか」

「っていうか仮面エックスってなに？　誰？　これでなんで通るんだよ？」

黒塗りの高級車で登校した紅葉は、掲示板を凝視してざわめき続ける生徒を見て仁王《におう》立ちでふんぞり返った。

「さあ、今日から選挙活動よ！」

「紅葉様、結花様も会長に立候補されてますが」

「あ……相手にとって不足なし！」

しまった、事前に確認しておくべきだった、と、紅葉は胸中で舌打ちする。結花が自分から立候補したとは思えないから、男子が強引に担《かつ》ぎ上げたに違いない。結花は男子に人気が高い。ついでに女子とも仲がいい。圧倒的に紅葉のほうが不利だ。

「戦う前から負けているのか」

狐《きつね》が肩にのったコン太《た》をあやしながらよけいな言葉を吐く。選挙活動は二週間もあるのだ。そのあいだ、いかに名前を覚えてもらうか露出度がものをいう。効率的に人々にアピールすることが最大のポイントだ。

「学校を掌握《しょうあく》して、おじさまにぎゃふんと言わせてやるのよ。ふふふ」

「あきらめてらっしゃらなかったんですね」

拳《こぶし》を握る紅葉は、呆《あき》れる司《つかさ》に当然とばかりにうなずいてみせた。あきらめるだなんてとんでもない。会社が傾くほどの打撃は与えられなくても、脛《すね》をひと噛《か》みしてやりたい。

意気込んで前を向いた紅葉は、なにかにぶつかってよろめいた。

「紅葉様」

二歩後退し、潰《つぶ》れた鼻を押さえながら正面を見る。そこには車屋《くるまや》徳《とく》太郎《たろう》が不機嫌顔で立っていた。いつも怒った顔ばかりしているが、今日はさらに機嫌が悪いらしい。

「大丈夫ですか、紅葉様？」

広い胸に抱きしめるように庇《かば》われて、紅葉はじっと司の横顔を見上げた。七歳で木津音本家に来て九年、司はずっと紅葉のお目付役としてそばにいる。過保護だし、心配性だし、お目付役なのに子作りを放棄したことを寛人《ひろと》に報告せず、それどころか報復しようと画策していることを黙ってくれている。

なにを考えているかわからないところもあるが、彼は紅葉にとても甘い。

屋敷の使用人たちに、彼の十分の一でも優しさがあればよかったのに――拒絶され続けた過去を思い出して少しだけ落ち込んだ。

「お怪我《けが》を？」

「……いいえ、大丈夫」

押し黙った紅葉を見て不審に思ったのだろう。気遣うような声色に首を横にふると、司はほっと安堵《あんど》して紅葉を解放した。そして、温和な表情を引っ込めて徳太郎を睨《にら》む。

「今、ぶつかってきませんでしたか？」

「ああ？　なんだよ、言いがかりかよ。朝っぱらから気分わりーな！」

徳太郎の語調が荒い。昨日も機嫌が悪く、午後からはとても授業を受ける雰囲気ではなかったが、今日は昨日の比ではない。まるで、誰かが突っかかってくるのを待っていたかのように攻撃的な態度をとっている。

「しらを切るつもりですか？」

「なんだと？」

紅葉の意向を汲《く》んで黙っている司と、嫌がらせが失敗するとあっさり去っていく徳太郎が、今日は真っ向から睨み合っている。

「だいたいあなたは、いつもいつも紅葉様に突っかかって──」

「司、やめなさい」

自分が注目され反感を買うのはいつものことだ。無視されるよりそちらのほうがよほどいいとまで思うくらいに慣れきっている。だが、司が自主的に騒動の中心になることはあまり好ましくない。紅葉が制すると、司は不満げな表情になった。

「しかし、紅葉様」

「やめろと言ってるのよ。私の言うことが聞けないの？」

「──いえ、申し訳ありません」

司はすっと激情を引っ込めた。こういう切り替えの早さは大人だと思う。怒りの矛先《ほこさき》を失ったのか、徳太郎は舌打ちして遠ざかっていった。

紅葉は一つ息をつき、司を見上げた。

「そんなことより今は選挙活動よ。ガンガンお金使っていくわよ！」

「予算は……」

「ポケットマネーよ」

「それは魔法の言葉ではありませんよ」

くすりと司が笑う。「なによ」と、文句を言ったところで昇降口にたむろする生徒に気づく。同じクラスの男子だ。中央にいるのは結花である。なにか言いたげな眼差《まなざ》しを紅葉に向けていた結花は、きゅっと口を引き結んで顔をそむけ、足早に下駄箱《げたばこ》に向かった。

理事長の娘らしくしろと言いたかったのか、生徒会長に立候補したことに文句が言いたかったのか――どちらにせよ、紅葉の行動は彼女を不愉快にさせてばかりいるらしい。

結花と反《そ》りが合わないのは今にはじまったことではない。

そんなことを改めて実感し、紅葉もまた昇降口へと急いだ。

「まずはポスター作りよ！　箔《はく》押し、マットPP加工、スローガンは〝学校を楽しく！〟これを千枚！」

「お金がかかりますよ」

「派手にいきましょう！　だって選挙だから！　演説は……」

「選挙カーは購入できません」

「じゃあレンタルで」

「そうではなくて、使えません。メガホンでの呼びかけだけです」

あら、と、紅葉が目を丸くする。放課後、選挙活動用に割り当てられた北棟三階の準備室に陣取ってポスター用の写真を何枚か撮ってプロのデザイナーにレイアウトを依頼したあと、紅葉は必要な選挙運動を書き出していた。

「ポスター作りにビラ配り、登下校のあいさつ、校内放送、あとは……」

ペンが止まる。

「いかに有権者を抱き込むか、ね」

「紅葉様、あくまでも正攻法ですから。平和に、穏便に、正々堂々と、です」

「勝てばよいのだろう。司は頭が固いな」

《そうだ、そうだ。あるじさまの言う通りだ。きれいごとを並べても、負けたときの言い訳にはならぬぞ！》

「狐とコン太は黙っていなさい。まとめて剥《は》ぎますよ」

眼鏡ごしにじろりと司に睨まれ、狐とコン太の耳がぺたりと伏せられる。

「それから、ちゃんと書き取りもしてください。お菓子、もう買ってきませんよ」

最近の狐はスナック菓子に夢中だ。味が濃い、ぱさつく、においが悪いとさんざん文句を言いながらも、司に買い与えられるお菓子をむさぼり食っている。それを取り上げられるのは辛いらしい。

「待て！　ポテスのジャガバタ味だけは買ってくれ！」

《しょうゆ味は譲れませぬ！》

いつの間に覚えたのか、ポテトスティック《スナック菓子》の略まで華麗《かれい》に使いこなす狐に、紅葉は内心複雑である。狐とコン太は紅葉よりよほど順応力があるようだ。

「司、十円くれない？」

「十円？　なにに使うんですか？」

「電話をかけたいの」

「僕の携帯を……」

「公衆電話を使いたいから」

不思議そうな顔をしながらも司がポケットから使い古した財布を取り出し、十円玉を三枚も渡してくれる。登下校はいつも専用車を使い、ほしいものがあればカード決済、校内も一声かければ司が飛んでくるという状況なので、普段、紅葉は現金を持ち歩かない。たった三十円を手にしているだけなのにドキドキしてくる。

紅葉は部屋を出て一階に下り、職員室に向かう。そして、職員室の前の公衆電話で足を止めた。

「……受話器を取ってからお金を入れて、電話番号をプッシュ。受話器を取ってからお金を入れて、電話番号をプッシュ。受話器を取って……」

手順を確認しながら同じように繰り返す。耳に押し当てた受話器からは、コール音ばかりが繰り返された。繋《つな》がらないのかと少し焦ったとき、ようやくコール音が途切れた。

「少し、手伝ってくれない？　報酬は弾むわ。人を集めてほしいの」

紅葉がそう切り出すと、電話口の相手は『話を聞こうか』と妙に改まった声を発した。

2

木津音結花は何度目かの溜息《ためいき》をつき、文机《ふづくえ》から視線をはずす。気鬱《きうつ》だった。

「お嬢様、お茶をお持ちしました」

声をかけられ柱時計を見る。もうすぐ二十二時だ。「ありがとう」とお礼を言うと、結花が生まれるずっと前から屋敷で働いている熊井《くまい》カヨが部屋の中に入ってきた。

「あまり根を詰めてはだめですよ、お嬢様。足の手当てもいたしませんと」

言われた結花は、急に足が痛み出したような気がして困り顔になった。神託《しんたく》を得るための巫女神楽《みこかぐら》は、限界まで――意識を失うまでおこなう舞だ。踊り続けて足の皮は厚くなり、そんな足でもまだ水ぶくれができ、弾《はじ》け、やがて血が混じり出す。定期的に舞っているはずなのにまだまだ舞い足りず、自分の不甲斐《ふがい》なさに恥ずかしくなる。

「ありがとう。でも、今日も神楽殿に行きたいから」

「結花様」

咎《とが》めるように名を呼ばれ、結花はますます困った顔になってお茶を受け取った。

母は巫女という重荷がはずれたとたん、風船のようにふわふわとただようような生活をはじめた。父である寛人はそんな母に代わって木津音コンツェルンを一身に背負っていた。本来であれば、結花の神託が寛人を助ける場面である。それなのに、結花には巫女になってから一度も神託が降りていない。そのせいで寛人はずっと苦労している。こんなときに神託があれば、と、役員たちが口々に嘆《なげ》く姿を見て生きた心地がしなかった。

役に立ちたいのに、結花は大人たちを失望させてばかりだった。

「私は大丈夫よ。お父様が喜んでくださるのなら……」

「……あの、お嬢様。旦那《だんな》様がさきほどお戻りになられまして……」

「本当⁉」

ぱっと結花の顔が輝く。頻繁《ひんぱん》に帰ってくる寛人だが、忙しい身の上なので屋敷での滞在時間はほんのわずか――そのため、結花は滅多に寛人に会えなかった。帰ってきているのなら会いたい。結花は足の痛みも忘れて立ち上がり、部屋を飛び出した。

生徒会長に立候補したことを伝えたい。驚くだろうか。それとも褒めてくれるだろうか。もしかしたら、大丈夫なのかと心配してくれるかもしれない。そんなときは微笑《ほほえ》みながらこう言うのだ。「みんなが助けてくれるから大丈夫」と。実際、結花は恵まれていた。女の子たちとは友好な関係を保ち、男の子たちはいつも助けてくれる。勉強にはとくに力を入れていたので、教師も結花を優秀な生徒だと認めてくれていた。もちろん、すべての好意に裏表がないというわけではないだろう。理事長の娘、大会社の娘という結花を特別扱いし、必要以上に持ち上げる人間だっているに違いない。生徒会長になるよう周りがすすめてきたのだって、誰かの入れ知恵ということもある。

一瞬、自分が立っている場所があまりにも危うい気がして、結花は廊下の途中で立ち止まった。学校ではうまくやっていると思う。教師からは一目置かれ、友だちだって多い。だけど、それがすべて本物だなんて実感がない。

みんなが色眼鏡で結花を見ているのではないかと、急に不安になった。

「なんだって、生徒会長⁉　立候補したのかい⁉」

唐突に聞こえてきた寛人の声に、結花ははっと顔を上げた。使用人の誰かが結花の話をしたのかもしれない。まだ誰にも言っていないのにと戸惑った結花は、驚きに弾む寛人の声に背中を押されるように歩き出した。

居間に明かりがある。柔らかなクリーム色の光。

「だったら僕も応援しないとねえ。かわいい娘の晴れ舞台なのだから」

喜んでくれている。あの父が。滅多に会えない娘が頑張っていることを認め、エールを送ってくれている。思いがけない言葉に、結花の胸は高鳴った。

障子《しょうじ》を開けようと手を伸ばしたとき、大きな影が映り込むのを見て手を止めた。

障子が開き、司が姿を現す。

「結花様、どうかされたんですか？」

にこやかに話しかけられ、とんっと鼓動《こどう》が跳ねた。間近で見るのは久しぶりだった。頬《ほお》が熱くなる。まともに彼の顔を見ることができず、顔を伏せて「あの」と言葉を濁《にご》すと、

「おじさま、Ｋキングダム《ケーキングダム》の件で忙しいのでしょう。さっさとお仕事に戻られては？」

部屋の中から刺々《とげとげ》しい紅葉の声が聞こえてきた。

結花の顔からすっと血の気が引く。

かろうじて視線を上げると、寛人の広い背中の向こう、一枚板の座卓の奥に大きな黒い獣を認め、結花はびくりと肩を揺らした。新聞の一面に載っていた黒い獣と室内にいる獣が同じものに見えたのだ。

「つ、司、あれ……」

「――紅葉様のペットです。最近、手に入れたばかりなんです」

司はあっさりとそう返した。

言葉を裏づけるように、紅葉が黒い獣を背もたれにしている。

木津音紅葉――結花より十センチも身長が低いのに、線も細く弱々しくさえ見えるのに、その瞳の強烈な光が、彼女が弱々しいだけの少女ではないと伝えてくるようだった。

「いい加減にお父様と呼んでくれないか、紅葉」

「考えておくわ」

ずずっと茶をすすった紅葉は、立ち上がる寛人と立ち尽くす結花を交互に見る。

「すみません、結花様。寛人様はまだお仕事が……」

「え、あ、はい。すみません」

司の声に、結花は慌てて道をあける。紅葉は寛人を見送ろうともせず、黒い獣の頭を撫《な》でている。かわいい娘の晴れ舞台——生徒会長に立候補したことへの感嘆は、結花ではなく紅葉に向けられたものだったのだ。そう気づくと、目の前が真っ暗になった。

「おや、結花。久しぶりだね。悪いけれど、留守を頼むよ」

「はい、お父様」

お帰りも、言わせてもらえない。目の前を通り過ぎる寛人に結花は無理やり作った笑みを向ける。寛人の興味はいつも紅葉にばかり向いている。紅葉がこの屋敷に引き取られてから、彼はずっと彼女に夢中だった。それを見た使用人たちが不憫《ふびん》に思ったのかことのほか結花に気を使うようになったが、むなしさはいっそう増すばかりだった。

司が寛人を先導するように歩く。結花は二人のあとを少し遅れてついていく。一度くらい振り向いてくれるかと期待したが、寛人はそのまま車に乗り込み、屋敷をあとにした。

「結花様、夜は冷えます。お部屋にお戻りください」

形式的に告げ、一礼して去っていこうとする司の服をとっさに摑《つか》み、結花ははっとしたように手を放した。

「ごめんなさい」

「……いえ。どうかされたんですか？」

穏やかに問われ、結花は唇を嚙む。司の親は、司が小さかったころに他界したと聞いている。親が残した借金を肩代わりした寛人が、住むところのなくなった司を屋敷に招いた。だから司は寛人を恩人だと慕っている。一つ年上の彼は、幼少のころから落ち着いた物わかりのいい子どもで、結花よりずっと年上のお兄さんのようだった。格好よくて優しくて、少しだけ人よりもやることが遅い結花の面倒を、とても熱心に見てくれた。屋敷に来て一年もしないうちに木津音の人間になることが決まり、彼は結花の許婚《いいなずけ》になった。

そして結花は、幼心《おさなごころ》に彼のお嫁さんになれるのだと胸を躍《おど》らせた。

けれど、結花が七歳のとき、紅葉が屋敷にやってきて平穏が崩れ去った。

寛人は結花と司の婚約を破棄し、司を紅葉につけた。司もそれを受け入れ、結花から離れていった。もちろん、冷たくされたわけではない。彼はいつでも優しくて親身で、困っていれば惜しみなく手をさしのべてくれた。ただ、彼の隣にはいつも紅葉がいるようになった。わがままで身勝手に振る舞う紅葉に、困り顔をしながらもつきあうようになった。

司の大切なものの中に自分は入っていないのだと、結花はやがて気づくことになる。

どんなに優しくされても、どんなに微笑みを向けられても、彼の視線はつねに紅葉にだけ向けられている。

ずっと好きだったのに、ずっと一緒にいられると思っていたのに。

「司は、紅葉のところに行くの？」

紅葉が全部持っていってしまった。突然現れて、誰にも束縛されずに奔放《ほんぽう》に振る舞って、あんな勝手な女が結花の幸せを奪ってしまった。

だから嫌いだ。大嫌いだ。愛されることになんの疑問も持たないような人間なんて。

結花はうつむく。

なんにでも流されてしまう自分の中に、濁流《だくりゅう》のように暗く荒々しい感情が眠っているなんて思いもしなかった。そんな感情を呼び覚ました紅葉がますます嫌いになった。学校でいじめられている姿を見て心が少し軽くなった。無視されている彼女を見て、自業自得だと心の中で笑ってさえいた。

——あんな女、もっと苦しめばいいのに。

「僕は少し用がありますので、紅葉様のところには行きません」

ふっと聞こえてきた声に、結花は現実に引き戻される。

「え？」

「結花様も部屋にお戻りください。選挙活動のあいだは敵同士ですが、正直、紅葉様が会長になられても運営に支障をきたすだけなので、僕はあまり協力したくないんです」

「そ……そうなの？」

「あの人はどうせ自分のことしか考えていませんから」

誰もが納得するであろう一言を口にして「内緒ですよ」と片目をつぶってみせる。陰口《かげぐち》を聞いて胸がすくだなんて、誰にも言えやしない。

結花はまっすぐ司を見つめた。

「負けませんから」

「はい。応援しています」

3

豪華ポスター作戦は目立ったが、あまり効果がなかった。

第二弾、豪華チラシもゴミ箱を埋めて非難される結果となり手応《てごた》えはなかった。

「第三弾！　食券ばらまき作戦よ！」

「食券は金券と同じですよ」

「ばらまくなという取り決めはないわ！」

「紅葉様は金にものをいわせるのがお好きですね」

「金は天下の回りもの。使ってこそ生きてくるものよ！　輝け私のポケットマネー！」

「発想が成金みたいですね」

司は呆れつつも強く反対はしなかった。

「食券？」

首をかしげるのは炭酸飲料に興味を持ちはじめた狐である。ちろりと舐《な》めては耳としっぽを飛び出させ、両方を引っ込めてはもう一舐めして耳としっぽをピコピコさせる。そんなに苦手なら飲まなければいいのに、何度もチャレンジしては撃退されていた。ちなみにコン太は駄菓子に夢中らしく、甘いだの辛いだのと文句を言いながら、次々と新しいお菓子に口をつけている。

——結果から言うと、食券のばらまきは好評だったが反発も大きく、思ったほどの感触はなかった。ついでに図書カードや購買部で使える券も配ってみてちょっと盛り返したが、労力を考えれば効果は薄いと言わざるを得なかった。

「木津音結花に清き一票を！　学校生活をよりよくするためにお願いします！」

「紅葉じゃなくて結花ですから！　木津音結花！　チラシどうぞ!!」

選挙活動四日目。下校時間に校門に陣取った敵陣営は、異様な盛り上がりを見せていた。

紅葉陣営が配ったチラシは早々にゴミ箱行きだったのに、結花陣営が配ったチラシは目を通す者が多い。そのうえ、紅葉陣営は紅葉本人と司、狐、ときどきコン太というメンバーでそれなりに目立つものの、取り巻きまでいる結花と比べると圧倒的に弱い。

「入れ替わり立ち替わりですねえ」

　窓から校門の様子を眺め、司が感心する。結花陣営は入れ替わり立ち替わりどころか、日に日にメンバーが増えている気がする。

「ありがとうございます」

　結花が応援に駆けつけた男子に声をかける。赤いリボンのセーラー服というだけでポイントが高いのに、彼女はそれを一切着崩さずに身につけている。風が吹くたびにちらちらと見え隠れする膝《ひざ》小僧、真っ白なソックス、手入れされた革靴、ちょっと大きめのたすき——なにもかもが男心をくすぐっているに違いない。カメラ小僧が大量発生していた。

「なにあれ、駆除しなくちゃ」

「紅葉様、駆除ではなく仲間に引き入れなければならないんですよ、あれ」

　結花にかぶりつかんばかりの勢いでカメラを構えるカメラ小僧たちにぞっとしていると、司に鋭く指摘された。笑顔で対応している結花は相当に心が広いに違いない。

　しかし、生徒会長に立候補したのだから、紅葉も同じ土俵に上がる必要がある。

「行くわよ、司。私の魅力でいちころにしてやるわ！　狐！　コン太も来なさい！」

「どうせ恥をかくだけなのに」

《あるじさま、禁句です！　皮を剝がされてしまいます！》

あわわっとコン太が怯《おび》える。最近コン太は少し賢くなったらしい。

紅葉はたすきを肩にかけ、チラシをかかえ鼻息荒く外へ出る。

「木津音紅葉にこそ清き一票を！　学校生活を快適にしたいなら私に入れなさい！　損はさせないわ！」

「よろしくお願いします。どうぞ、チラシを」

大声で怒鳴る紅葉とは違い、司は柔らかな笑みで女子を中心にチラシを配る。適材適所というものらしく、紅葉のようにあからさまに避けられることはなく、むしろこころよく受け取ってくれる者のほうがはるかに多い。

「チラシだ、チラシ。受け取れ」

狐は通りかかった相手に片っ端から渡す。長身に長髪、おまけに青い目と外見が目立つし、なにより転校初日の騒動で彼はすっかり有名人だ。いまだ授業中はじっとしていないため、有名人というより要注意人物として注目されている面もあった。

ただ、顔がいいので一部女子には不動の人気がある。

「多田野《ただの》くんが応援してるなら、あたしも応援しちゃおうかなー」

「あ、コン太くんだ！　コン太くん、お菓子あげる！　今日もかわいいねっ」

《きゅううううん》

あっという間に女子に囲まれ、狐が手にしていたチラシが奪われていく。コン太は子狐として振る舞ったほうが安全と判断したのか、あるいは食べ物の魅力にすっかり骨抜きにされてしまったのか、お菓子を食べて喉《のど》をさすられ、野生を捨てる勢いだ。

寄生虫《エキノコックス》の話を持ち出して脅したが、すでに誰も気にしていないようだった。

「腹を見せるのも時間の問題ね」

「絶対服従ですね。寛人様のお話では、あれは神狐《しんこ》というものの一部らしいのに」

「でも司、考えようによっては、あれは有効よ。人が集まってきてるもの。有名人が応援に駆けつける選挙活動は理にかなっているのね」

選挙にはあまり興味のなかった紅葉だが、それでも選挙期間になれば選挙カーを見かけ、そこに有名人の姿を見つけたりする。注目を集めるうえで一定の効果があるらしい。

「つまり、校内で有名な人間をスカウトすれば選挙活動にプラスになるってことよ！」

「お金を積んではだめですよ」

「……ご利用は計画的にって言うじゃない」

「金券の類《たぐい》だってぎりぎりアウトです。普通、たかが生徒会総選挙にそんなことをする人間はいないので、あえて言及してないだけです」

「言及されてなければ問題ないわ！　ルールは隙間《すきま》をすり抜けるためにあるのよ！」

「違います。ルールというのはお互いに守り合えば快適になるんです。どうしてそう間違った解釈で突き進もうとするんですか」

「……司、そんなに細かいことを言っていたらもてないわよ」

「お構いなく」

どんどん狐の周りに女子が集まっていくのを眺めながら司とそんな話をする。狐が黒い獣になれると知ったら、みんなきっと驚くだろう。今以上に注目されて好かれるに違いない。とくにあの手触りは最高だ。毎日それに包まれて眠る紅葉が保証する。

「――誰にも触らせてあげないけれど」

「紅葉様？」

「なんでもないわ。さあ、声を出して！　私を生徒会長にしてみせなさい、司」

「おおせのままに」

うなずく司に満足し、敵陣営を見つめる。

結花と目が合った。彼女の陣営もまた、紅葉たちを見つめていた。


男たちは寄り集まって無言で視線を交わした。

北棟の一室。総選挙用に準備された空き部屋の一つである。

それぞれの胸にある思いは皆同じ――危機感である。こんな相手に負けるはずがない、圧勝できると高をくっていたはずが、思わぬ反撃に遭った。

激震が走った。そう表現するのがもっともしっくりときた。

「楽勝じゃなかったのかよ！」

「知らねーよ！」

木津音紅葉の参戦は完全に予定外だった。だがそれでも余裕だと思っていた。傍若無人《ぼうじゃくぶじん》で、人を食ったような態度と高飛車な言葉遣いで空気を読まないせいで、紅葉はもともとが嫌われ者だ。

紅葉の陣営にいる司一《はじめ》は男女ともに人気があり面倒ではあったが、結花の人気に比べれば微々たるものだった。

しかし、ここに予想外の助っ人《すけと》が加わった。帰国子女の多田野狐である。恐ろしいことにあの男、子狐まで使って選挙運動を展開している。これが意外と人気で、女子ばかりか男子までもがなびきはじめたのだ。

「結花様親衛隊の俺たちがなんとかしないと！」

幸運にも結花と同じクラスになった彼らは、親衛隊の出番とばかりに人知れず立ち上がった。二学期におこなわれる生徒会総選挙で一年生が役員になると、その任期は最長二年、四期分になる。長期運営は生徒会が安定するという事例があり、現生徒会長が〝われらが結花様〟に特別目をかけているという噂《うわさ》もあった。なにより彼らは、壇上で、あるいは各種行事で、結花が皆の前に立つことを望んでいた。恥じらいつつも懸命に行事をこなす姿は、一生の思い出になるくらい素晴らしいものになるに違いない。

彼らの大半は木津音神社で可憐《かれん》に舞う巫女姿の結花に胸を撃ち抜かれて信者となっていた。だから彼らにとって、木津音結花は特別だった。

そんな結花を、自分たちの手で最上まで押し上げることにある種の興奮を覚えていた。

はじめは乗り気でなかった結花も、今では積極的に選挙活動に参加している。そのかいあって、着実に信奉者《しんぽうしゃ》が増えている。

だから今、こんなところでつまずくわけにはいかなかった。

「でも、どうすれば……」

結花は理事長の娘だが、紅葉も義理とはいえ理事長の娘だ。波風立てるのは好ましくない。それゆえ不満を覚えながらも直接本人に文句を言ったりできないのだ。彼らの知る限り、そうした無謀な行動をとるのは車屋徳太郎ただ一人である。

「大丈夫だ。よくわからないけど、あの女、なにやっても絶対チクったりしないから」

「だけど……」

「車屋が毎日あれだけやって注意もされないんだぞ。大丈夫だ」

念押しする声に皆の顔に動揺が表れた。暗に方向性が示されたためである。

「バカ。大げさに考えるなよ。あの女を辞退させるだけだ。あんなやつに生徒会長なんて務まるわけないだろ」

ぼそぼそと誰かがつぶやく。すると別の誰かも「そうだな」と賛同した。

その賛同はすぐさま集まった男たち全員に広がった。


「おおっと、今日も手が滑ったあ！」

宿敵・木津音寛人に報復するための足がかりとして生徒会長の座を狙う紅葉が、次なる作戦を考えているとおきまりの台詞《せりふ》が聞こえてきた。

顔を上げると勢いよくカバンが飛んできた。

「……っ……!!」

とっさに目を閉じると、ぐいっと肩をひっぱられた。目標を失ったカバンは、窓ガラスを砕いて外へ飛んでいった。

「なんで避けるんだよ！　ガラスが割れたじゃねーか！」

「ずいぶんな言いぐさだな」

呆れたのは紅葉を抱き寄せるようにして庇った狐である。まさか庇われるとは思っていなかった紅葉は驚いて目を瞬《またた》き、周りが騒ぎはじめるのに気づき狐から離れた。

「どうするんだよ、これ」

割れた窓ガラスを見て徳太郎が他人事《ひとごと》のように言う。十月の上旬とはいえ秋も深まりはじめた時期のため、天候によっては肌寒さを感じることもある。なにより窓ガラスなんて割ったら、確実に教師が介入してくる。

「どうするもなにも、……親が呼び出されるんじゃないの？」

「お前の？」

「どうして私の親なのよ。車屋くんの親に決まってるでしょ。ガラスを割ったのは車屋くんなんだから」

少し徳太郎の顔色が変わった。もっと突っかかってくると思っていた紅葉にとって、それは意外な反応だった。親が呼ばれても「どうってことはない」とせせら笑うのが車屋徳太郎という少年であるはずなのに。

「……そうね。息子が同じような台詞で、手を替え品を替えドジっ子アピールしてくるなんて親としてもいろいろ不安になるわよね。女ならまだフォローの仕方もあるけれど、男のドジっ子なんて、いっそフリルのワンピースでも着せたくなるくらい不安よね」

「だ、誰がそんなアピールしてるんだよ!?」

怒鳴る声に焦りが混じる。それに気づき、紅葉は小首をかしげた。本当に珍しい。親が呼ばれることがいやだなんて、まるで普通の学生のようだ。そこまで考え、紅葉は口を開いた。

「司！」

そして、一分後にやってきた司に窓を指さした。

「直してちょうだい。寒いわ」

「……かしこまりました。ひとまず応急処置をしておきます。よろしいですか？」

「ええ」

懐《ふところ》からビニールとテープを取り出した司は、手早く割れた窓をふさいだ。次に携帯電話を取り出してどこかに電話をかける。

「司です。一年一組の窓ガラスが割れたので修理をお願いします。ガラスの欠片《かけら》が落ちているのでそちらの掃除もお願いします。それから……」

「カバンは私が取ってきてやろう」

司が外を見ながら告げると、狐が隣の窓を開けて足をかけた。そして、ひょいと身を躍らせたのである。

バクンと心臓が跳ね、紅葉はとっさに窓から身を乗り出した。ここは三階だ。躊躇《ためら》いなく飛び下りられる高さではない。下手をしたら大怪我だ。命を落とすことだってあるだろう。不安に震えながら紅葉はゆっくり視線を落とした。

けれど狐は、紅葉の心配をよそに、なにごともないように軽やかに着地していた。

狐が〝狐〟であることを思い出してぐったりと項垂《うなだ》れると、

「飛び下りた⁉」

「きゃー‼　多田野くん――‼」

様子をうかがっていたクラスメイトたちが悲鳴をあげて窓に飛びついた。中には怯えてその場に座り込んでしまう者もいた。

カバンを拾った狐がひらひらと手をふるのを見て、紅葉はむっつりと不機嫌顔になる。

「とんだ野生児ね」

「狐ですから」

紅葉と司が同時に溜息をつく。《このくらい、朝飯前だ》と、なぜか自慢げなのは、紅葉の腹にくっついて頭を撫でてもらっているコン太である。

「無傷⁉　なんで⁉」

「さっきなんか一瞬、しっぽが見えなかった？」

「耳！　ケモ耳が見えた気がっ‼」

あんなにぴょこぴょこ耳やしっぽを出していたら、本当にいつか決定的な瞬間を目撃されて騒動になりそうだ。

無関心を装ってどよめく生徒たちを無視していると徳太郎と目が合った。

「――なんだよ。俺を助けたつもりかよ⁉」

昇降口で睨んできてからというもの、徳太郎の反応が以前よりいっそう硬いものになっている。しかし紅葉は気づかないふりをして、「ふふんっ」と鼻を鳴らした。

「なにをうぬぼれてるの？　先生に言って修理をしてもらうと時間がかかるでしょ。最短で明日、下手したら数日はこのままよ。司に頼めば次の休み時間には直るのだから、そのほうがずっと迅速《じんそく》でいいじゃない。そんなこともわからないの？」

尊大に、当然のように、紅葉は言い放つ。ギッと睨みつけてくる徳太郎の視線を真っ向から受け止めると、彼はすぐに逃げるように顔をそむけてしまった。

その瞬間、少しだけ彼の横顔に安堵の表情が浮かんだ。本当に珍しい。わずかな疑問を感じつつ、紅葉はすうっと目を細めた。

教科書を出そうと机の中に手を突っ込むと、カッターの刃が貼り付けられたノートの切れ端が出てきた。

『生徒会長の立候補を取り下げろ』

古風なことに、定規をあてながら書いたらしく角張った文字だった。じっとノートの切れ端を眺めて思案した紅葉は、ちらりと徳太郎を盗み見た。一瞬、徳太郎の仕業かと思ったのだ。だが、彼は考え方やることが直情型で、手紙なんてまだるっこしい真似《まね》はしないだろう。第一、筆跡を誤魔化すなんて考えは、断じて彼のスタイルではない。

しかし、どれほど考えてもこんなことをしてくる相手が思いつかない。

そもそも敵が多すぎる。司以外はすべて敵——、否《いな》。

寛人に報復する手伝いをしてもらっているのだから、少なくとも敵ではない。

字の読めないコン太が不思議そうにノートの切れ端を爪でひっかくのを脇目に、紅葉はゆっくりと教室を見回す。

「狐は共犯者ね」

「あーん、ショックー。『K2《ケーツー》』のプレプレのチケット完売だってー。即完売！　販売開始二分で完売！　もう、あり得なくない⁉」

「ケーツー？　プレプレ？」

「Kキングダムのプレミアム・プレオープン」

「え、買う気だったの⁉　あのチケットって一枚五万でしょ⁉」

「超買う気だった。年間パスついてるし、あそこ高級店も入ってるんだよ。三つ星レストランのオーナーが監修した料理が一日食べ放題！　絶対元取れるって！　でもネット全然繋がらなくってさー、最悪！」

「三千枚限定販売じゃなかった？　二分って早すぎない？」

「早いよ。繋がったと思ったら完売だったよっ！」

机に突っ伏し「わっ」と泣き声をあげる女子生徒。

「結局さ、仮面エックスって誰なんだ？　一人だけ選挙活動やってないよな？」

「副会長立候補だっけ？　クラスもわからないんだよな？」

「会長が女子なら副会長は男子なんじゃねーの？」

興味なさげに話す男子生徒たち。

「なんのゲームやってるの？　って、それやばいやつだろ！　途中から課金しないと進まないとかいうクソゲー!!」

「ムカつくことに面白いんだ、これ。ちょっとミステリー要素入ってて」

「あ、それ攻略サイト見た」

「言うな！　それ以上なにも言うな！　言ったら敵だー!!」

携帯電話片手に友人と話す男子生徒たち。

「ねえ新作のリップの色どう？　秋色ってこれ普通にオレンジだよね？」

「それよりネイルおすすめの店ない？　今度デートで……」

手鏡で確認しながら話し込む女子生徒たち。

教室内は雑多な音であふれている。身近に人の声があるというのは、それだけで安心する。それが自分に向けたものでないとわかっていても、紅葉は満足してしまう。

じっとクラスメイトたちを見ていると何人かと目が合った。慌てたように視線をはずしたのは結花の取り巻きたちだった。そのおどおどした様子にピンときてしまった。

「――そう。面白いことをするのね」

思いがけない〝ご褒美《ほうび》〟に、紅葉の口元が歪《ゆが》む。これはぜひ楽しまなければ、と、紅葉はくつくつと笑い出す。周りがぎょっとしたように机を引くのにも気づかずに笑い続ける。

《だ、大丈夫か？》

膝の上でコン太が心配そうに尋ねてきた。紅葉は無言でコン太の頭を撫で、綿毛のような手触りにほっと息をついた。

それからは思った通り面白いことが頻発した。

体操服が切り裂かれたり、通学用の靴がなくなったり、選挙用の部屋が荒らされたり、ポスターが全部破られたりと大変地味な嫌がらせとともに『生徒会長の立候補を取り下げろ』と書かれた紙が毎回律儀に添えてあった。

――しかし残念なことにそれが三日も続くと飽きてしまった。

「もっとこう、派手な嫌がらせはないものかしら。全部お金で解決してしまえることばかりだなんて、手ぬるいにもほどがあるわ」

《犯人を捕まえなくてもいいのか？　目星はついているんだろう？》

憤慨《ふんがい》する紅葉に狐が首をひねった。

「なに言ってるの。選挙は来週よ。時間がないのよ。焦った彼らが、もっと気合いの入った嫌がらせをしてくれるかもしれないじゃない！」

《……そこは期待するところなのか……？》

「頭を下げなさい！　きれいにブラッシングできないでしょ！」

場所は紅葉の自室、時刻はすでに二十二時を少し回っていた。最近、紅葉は狐のブラッシングをすすんでやる。以前は司に任せていたが、自分のベッドは自分で整えようと思い立ってのことである。うまくブラッシングできると最高のベッドができあがるので、ついつい力が入ってしまう。

二組並べて敷かれた布団の上で寝そべっている狐の毛にブラシで丁寧《ていねい》に空気を含ませていく。すると狐の全身がつやつやになる。

「それにしてもいい毛並みね。黒い狐がこんなに美しいとは思わなかったわ」

紅葉のつぶやきに狐は驚いたように首をもたげた。

《美しい、だと……？》

褒められたのだから素直に喜べばいいのに、狐は紅葉の言葉に当惑しているらしい。すぐに不満げに牙を剝《む》いた。

《適当なことを言うな》

「気に入ってなかったら毎日ベッドがわりになんてしないわ。いい？　これは私だけの特権なのだから、これからは私の許可なくこの体を他人に触らせてはだめよ。怪我でもしてごらんなさい。素敵な毛皮が台無しになってしまうわ」

前足の怪我はきれいに治り、狐はますます紅葉好みの体になっている。抱きつきながらそう主張すると、狐はぐったりと布団の上に寝そべってしまった。

《私の体を案じているわけではないのか?》

「……心配なんてしてないわ」

三階から飛び下りた狐が徳太郎のカバンを拾ったときのことを思い出し、紅葉はツンツンと返す。紅葉と狐はお互いに利用し合うだけの関係だ。心配するとしたら、寛人への報復に狐が利用できなくなることくらいのはずなのだ。

「お前のことなんて、どうでもいいんだから……きゃっ」

黙れと言わんばかりに狐が首を紅葉の腹にのせてきた。

「もう、なによ⁉ よしなさい!」

じゃれるようにぐいぐいと腹を押され、紅葉はたまらず笑い出す。太い首を抱きしめるようにしてくすくすと笑っていると、ハッとしたように顔を上げた狐が不機嫌顔で紅葉を一瞥《いちべつ》した。思案するように視線を宙にただよわせた狐は、

《どうして眠るときはいつも獣姿にさせるんだ?》

唐突にそんなことを尋ねてくる。紅葉は顔をしかめた。人の姿に戻った直後は例外なく全裸というのが狐である。そもそもあの姿では快適なベッドにならない。

「人の姿になったら部屋から叩き出すわよ」

《人の姿では不都合があるのか? まさか、怖いのか?》

試すような狐の口調に、紅葉はちょっとむっとした。

「あらいいのよ、人の姿になっても。全然構わないわ、なってごらんなさい？」

《……》

傲然《ごうぜん》と言い放つと、狐の耳がわずかに下がる。

「また全裸で私の目の前に現れたら、そのときは、」

紅葉が言葉を切ると狐がごくりと唾《つば》を飲み込んだ。にしゃっと紅葉が口角を引き上げて凶暴な笑みを向ける。

「縦に裂くのがいい？　それとも輪切りのほうが好み？」

《切ることが前提なのか⁉》

どこを切るとは言っていないのに、ちゃんと伝わったようだ。狐の耳が伏せられた。ついでにしっぽが腹にくっついている。本気で怯えているらしい。

「当たり前じゃない。切り方くらい選ばせてあげるわ。優しいでしょ？」

最大限の妥協に、狐の耳はこれ以上ないくらいにぺったりと伏せられた。

《お、お前は恐ろしい女だ》

「そんなことないわ。いたいけな女子高生よ」

ムカつく小娘から、なぜか恐ろしい女にマイナーチェンジされている。紅葉はちょっと膨れつつ狐に訂正を入れた。小柄で華奢《きゃしゃ》で、誰がどう見てもか弱い少女だ。ただし紅葉がか弱く見えるのは、あくまでもその外見だけである。

木津音本家には紅葉を守ってくれる人はいなかった。優しいと思っていた寛人は御印《みしるし》だけを大切にし、司は彼の言いつけで紅葉の世話をしているだけだ。敵ではないけれど味方でもない。そんな当たり前のことを思い出し、孤独を感じるなんておかしな話だった。

紅葉はぽふっと狐の腹に顔をうずめる。ゆっくりとした呼吸と一定のリズムを刻む心音。それらに包まれ心地よさに目を閉じると、唐突に狐が紅葉の頬をざらりと舐めた。

「きゃ⁉」

湿った感触と舌触りにびっくりして起き上がった紅葉は、真っ赤になって狐を睨む。

「な、なにするのよ⁉」

《落ち込んでいるのかと思って……っ》

女子高生という単語から、学校のことでへこんでいると考え慰めようとしたらしい。狐にまん丸目玉でオロオロされ、紅葉の体からすとんと力が抜けた。誰かがそばにいるというのはこういうことだったんだと、なんだか急におかしくなって再びくすくすと笑った。

「大丈夫よ。私、慣れているから」

学校での嫌がらせは子どものころからずっと続いていた。今さらそれが増えたところで気にもならない。いやむしろ、屋敷の中で無視され続け、自分の存在すらあやふやになりかけていた紅葉にとって、木津音紅葉という人間が確かにそこにいるのだと認めてもらえ

ているという、奇妙な安心感に繋がってさえいた。

《そういうものは、慣れてはならないものだ》

珍しく狐の声が真剣だった。その声色が、紅葉の身を案じているのだと伝えてくる。報復につきあわされ、今はこの場にとどまっているだけのはずなのに——そういえば彼は、紅葉を守ってくれたこともあった。

「……そうね」

素直にうなずいて狐の体にきゅっとしがみつくと、彼は紅葉の頭に軽く顎《あご》をのせた。紅葉の小さな体が、大きな狐の体の中にすっぽりと包まれる。

《面倒な女だな》

ゆっくりと体に響いてきた声は、不思議と優しかった。

4

翌日、紅葉は勇《いさ》んで登校した。

生徒会総選挙は劣勢だが、支持がそれなりに増えていたためだ。手応えらしきものもあった。「これはいけるのでは?」と、前向きに考えた。やるからには勝ちにいきたい。否、寛人に報復するためにも、紅葉なりの権力がほしかった。

「ふふふ。見ていなさい、おじさま。煮え湯を飲ませてあげるわ。ついでに学校も快適にして差し上げてよ」

　朝のあいさつにも力が入る。たすきを斜めにかけ、日の丸印の必勝はちまきまで装着し、紅葉はメガホン片手に微笑んだ。

「紅葉様、あんまり邪悪な顔をしていると有権者が逃げていきますよ」

　隣であいさつ運動につきあっている司が小声で突っ込みを入れてきた。それは困るので、頑張って菩薩《ぼさつ》のような微笑みを浮かべたら、いっそう人が逃げていった。

「理解不能だわ」

　紅葉の周りだけ見事に人がよけていく。代わりのように結花の陣営に人が集まって、彼女の周りだけは今日も大賑《にぎ》わいだ。それを見て紅葉は愕然《がくぜん》とした。

「慣れないことはしないでください」

　表情筋を引きつらせて司がうめいた。がっかりして狐を見ると、こちらは相変わらず女子に取り囲まれている。コン太は見事な吸引力で女子にも男子にも大人気だ。直接狐に話しかけられない女子が、コン太をきっかけに話しかけているところが印象的だった。

「……そうだわ」

　紅葉がポンと手を打った。

「木津音紅葉が当選したら、かわいく着飾ったコン太との記念撮影を許可するわ！」

おおっと周りがざわめくと、驚きにコン太のしっぽが膨らんだ。

「そしてさらに、狐との写真撮影も許可するわ。狐は和装がとても似合うのよ」

使用人の息子として狐が木津音家で暮らしているのは周知の事実で、紅葉の一言に妙な重みが生まれ女子が色めきたった。目をぎらつかせて詰め寄られ危機感を覚えたのか狐が青くなる。犠牲のかいあって女子の食いつきは上々だ。主旨《しゅし》が完全に間違っているが、紅葉は目立つことにのみ重点をおいてアピールした。注目を集めなければ話も聞いてもらえない。つまりこれは、紅葉にとって、立派に選挙活動の一環なのである。

「公約をかかげるってこういうことね！」

「紅葉様、違います」

司の再度の突っ込みを無視し、注目が集まるのを感じて満足する。

視線を感じて結花の陣営を見ると、応援に集まった男子が殺気立ちながら紅葉たちを見ていた。だが、一番に目を引いたのはその中心にいる少女——木津音結花だった。

いつも柔らかな笑みを浮かべていた彼女が、今はまったく笑っていなかった。冷え切った眼差しに引き結ばれた唇。まるで精巧な人形のようだ。美しさだけを追求し、それ以外をそぎ落としたかのような冷酷さが全身から滲《にじ》み出る。

書類上は姉妹として九年を過ごしたのに、彼女と言葉を交わしたのは紅葉が木津音本家にもらわれた直後の、ほんのわずかなあいだだけだった。

次代の巫女を産むために引き取られ特別扱いされた紅葉と、木津音本家の長女として大切にされてきた結花――同じ家に暮らしながら、接点を持たなかった二人。

それがこうして真っ向から対立することになるとは思わなかった。

紅葉が凶暴な笑みを浮かべると、結花はすうっと目を細め、冷え切った笑みを返した。


体育の授業のため着替えようとしたら、ロッカーが水浸しだった。個人のロッカーは教室の一番後ろにずらりと並んでいる。それぞれ鍵が取り付けられているので、紅葉のロッカーだけを濡《ぬ》らそうと思ったらスポイトかなにかでちまちまと水を入れなければならない。

本当にやることが地味すぎる。

「おおっと、今日も手が滑ったあ！」

おきまりの台詞とともにバケツを振り回す徳太郎のほうがよっぽど無駄がない。

頭からずぶ濡れになった紅葉は、ふうっと息をついて徳太郎を見た。隣にいた狐も巻き込まれ、幽鬼《ゆうき》のごとき形相で固まっている。

「なんだよ」

「車屋くんの豪快なところは嫌いじゃないわ」

「はあ⁉」

「周りの顰蹙《ひんしゅく》も無視して突っ走るところなんて、本当にすがすがしいと思うの」

巻き添えになったクラスメイトに睨まれ、紅葉に追撃されて、徳太郎が少したじろいだ。

「なに言って……」

「でも、ちまちました嫌がらせもそれほど嫌いじゃないのよね。どんな手を使えば私を屈服させられるか一生懸命考えてるんだと思うと、ちょっとだけわくわくするの」

「いやお前、本当になにに言ってるの？」

徳太郎が困惑すると、狐が烈火のごとく怒り出した。

「私は濡れるのが大嫌いだ！　風呂は百歩譲って我慢する。だが、ただ濡れるのは我慢ならない！　司！　司！　着替えを持ってこい！」

響く怒声に教室内の誰もが気圧《けお》されている。青い目が爛々《らんらん》と輝き、口元から牙が覗《のぞ》く。耳としっぽが出ていないのが不思議なほどの剣幕である。紅葉の腕の中でびしょ濡れになっていたコン太も同じようにひどく苛立《いらだ》っていた。

「――そんなに濡れるのが嫌いだったの？」

素直に驚く紅葉に、狐はふっと表情を変えた。瞬く間に引っ込んだ怒りに、それが彼自身の憤《いきどお》りでないことに気づいて紅葉が目を丸くする。

「私のために怒ってくれたの？」

「お前が！　おかしなことを言うのが悪いっ！　どうして自分が傷ついていることに気づ

けないんだ‼」

　思いがけないことを主張した狐は、そのままぷいっと横を向いてしまった。紅葉が当惑しているあいだに司が着替えと体操服を持って一年一組に訪れる。

「またですか。お騒がせして申し訳ありません。他に被害は？」

　司は紅葉と狐にタオルを渡すと素早く状況を確認する。被害が少ないとわかると、すぐに業務用にも負けない大きなドライヤーを構えた。

「次は体育でしょう。髪を乾かして着替えるとぎりぎりです。狐は濡れたままでも構いませんよね？　さっさと更衣室に行ってください」

「言われなくても！」

　ぷりぷりと怒りながら狐は他の男子を蹴散らす勢いで教室をあとにし、女子もぞろぞろと出ていった。残ったのは紅葉と司、コン太だった。

「真冬にこんなことをされたら風邪をひきますよ」

「ひく前に司が来ればいいのよ。もしも遅れて風邪をひいたら看病してちょうだい」

　紅葉の髪に温風をあてながら丁寧に髪を梳《す》く司が溜息をついた。

「寛人様に叱《しか》られます。なんのためにお前がついているんだと」

「司はお目付役であってお守りじゃないわ」

「通じませんよ、そんな理屈。……終わりました。くれぐれもお気をつけください」

ドライヤーの電源を切って司が紅葉から離れる。替えの制服と体操服を受け取って、紅葉は軽い足取りで歩き出した。

「どうかされたんですか？　なんだか嬉《うれ》しそうです」

司の指摘に狐の顔が脳裏をよぎった。誰かが自分のために真剣に怒ってくれる。そんな奇跡のようなできごとに、わずかに胸の奥があたたかくなっていた。

「気のせいよ」

紅葉は微笑んで教室を飛び出した。

体育の時間は二クラス合同だ。それぞれ男女にわかれ、テニスの練習をはじめた。

軽い打ち合いからはじまるのだが、紅葉はいつも一人あぶれてしまう。生徒の人数が奇数だろうと偶数だろうと、必ずそうなるのだ。そうすると体育教師とペアを組むことになるのだが、今日はなぜだか狐がやってきた。

「同じことをやるのだから問題なかろう」

テニスラケットを握った彼は、相変わらずむすっとしている。

「いやなら男子と交じっていればいいのに」

「いやとは言ってない」

そう返しつつも不機嫌顔が直らない。前の授業までは、男子は野球、女子はソフトボールと別々の競技をしていた。それを考えると、同じ競技なのだから一緒にやってもそれほど不自然ではないのだが――やはり、女子からの視線が痛い。見た目のよさはプラス要因のはずが、今はマイナスに働いている。

「そもそもラケットを握ったことはあるの？」

「さっき教えてもらった」

こくりとうなずく。男女で基本となる素振りはしたが、紅葉が聞きたかったのはもちろん経験の有無である。経験のある生徒たちはペアを組んで軽やかにボールを打ち合い、経験のない生徒たちは四方八方に飛ぶボールを追いかけるのに必死という状況だ。とりあえず紅葉は、狐から離れてボールを構えた。小柄ではあるが体を動かすことは好きで、運動もそこそこできる紅葉である。誰も相手をしてくれないので壁打ちだけが得意になったが、素人の狐よりはマシだろう。

「軽く打つ、軽く打つ」

それなりにさまになる姿勢で待機する狐に向けて、まずは一球。

「そこだ……!!」

あろうことか狐は、ガットではなくフレームでボールを打ち返してきた。見事な放物線を描くボールは紅葉のはるか頭上を通過し、陸上用のコースまで飛んでいった。

「狐！　先生の話をちゃんと聞いてなかったの⁉　ボールを打つのは糸が張ってある場所！　返すのは打ってきた相手！　野球じゃないのよ！」

追いかけながら怒鳴ると、「そうだった」と、狐が深くうなずいた。狐の運動神経は人間とは比べものにならないほどいい。だから打ち返すこと自体は慣れれば造作もないのだろう。本気で打っていたらと思うと、その飛距離にぞっとしてしまった。

《あるじさま！　球でございます！　追いかけるでございます！》

ボールが行き交うさまを目をキラキラさせながら眺めていたコン太が、我慢できないと言わんばかりに駆け出した。一目散である。野球の授業のときもうずうずしていたが、とうとう箍《たが》がはずれてしまったらしい。ものすごいスピードでボールに追いつくと、咥《くわ》えてよたよたと戻ってきた。

「コン太、いい子ね」

これは使える。ボール拾いの手間が省《はぶ》ける。ボールを受け取ってコン太を褒めると、興奮したコン太は耳を伏せて甘えた声を発した。怖がったりしたとき以外も耳がこうして伏せられるらしい。ボールを手に戻ると、手持ち無沙汰《ぶさた》にしていた狐に向き直った。

「いい？　ボールは打った人に返すのよ」

「承知した」

神妙にうなずいてラケットを構えた狐は、目をぎらつかせて上半身をひねった。

「打った人に返す！」

　どこからか飛んできたボールを、人の話も聞かずに狐はフレームで打ち返した。強打を強打で返すと、腹にボールを受けた男子生徒がぐはっと声をあげてうずくまる。周りがどよめき、悲鳴が起こる。紅葉は軽くめまいを覚えて額《ひたい》を押さえた。

「狐！　なにして……」

「打った人に打ち返す！」

　紅葉の言葉を遮《さえぎ》るように叫んで、再び飛んできたボールをフレームで強打した。さらに一人、男子生徒がコートに沈んでいく。

「こうやって一人ずつ消していけばいいんだな？」

　ガットに指をかけてぎしぎし言わせながら狐が一人納得する。

「テニスにそんなルールないわよ」

　助け起こされる男子生徒を見ながらうめいた紅葉は、そこではたと目を見開いた。ボールをあてられた生徒はどちらも結花の取り巻きだった。コースから考えて、あのボールは紅葉を狙って打たれたものだったようだ。それを狐はまっすぐ彼らに打ち返したのである。

　他の取り巻きたちが、ボールを手にしたまま真っ青になって立ち尽くす様子からもそれが伝わってきた。

「全部もれなく打ち返してやろう」

くつくつ笑う狐の凶悪さに取り巻きたちがさっと顔をそむけた。

もともと紅葉を狙って打たれたボールなだけに、打ち返された生徒たちも文句は言えず、コートの片隅《かたすみ》で休養をとるにとどめてさほど問題にもならなかった。

「お前は頼もしいのね」

紅葉の素直な賛辞に、狐はちょっと驚いたように体を揺らした。そわそわと視線を彷徨《さまよ》わせ、大きく一つ咳《せき》払いをする。

「来た球を打ち返しただけだ。お前がそう言った」

どこか歯切れ悪くそう返した狐は、またぷいっと顔をそむけてしまった。

昨日の反応といい今日の反応といい、意外なことにどうやら彼は褒められることに慣れていないらしい。

紅葉は小さく笑ってラケットを構えた。


それから結花の取り巻きからの嫌がらせはぴたりとやんだ。並外れた運動神経を持つ狐に対抗するほど勇気のある者はいなかったようだ。なにより、テニスボールは直撃するとかなり痛い。フレームで打ち返されたボールは速度もあり、凶器さながらだった。

「よかったわ。バカが少なくて」

授業を終えた紅葉はほっと胸を撫で下ろし、更衣室で着替えて教室に戻った。

次は昼食である。待ちに待った、というほど楽しみにできないのは、残念なことに今雇っているシェフと好みが合わないせいである。しかし、狐とコン太にだけは好評だ。気持ちいい食いっぷりを眺めようと席につくと、いち早く教室に戻った女子に狐とコン太が取り囲まれていた。

「多田野くんって運動神経めちゃくちゃいいよね？　スポーツってなにが得意？」

「野球じゃないの？　前の授業のときもホームラン打ってたし」

「でも守備は全然だめだったよねー」

ボールは取れても返球が苦手なのだ。これればかりはコツと慣れが必要なので致し方ないだろう。一人納得していると、女子を振り切って狐がやってきた。

「よかったの？」

不満げな女子をちらりと見て尋ねると、狐は紅葉の前の席に腰かけた。昼食の時間はここが狐の定位置になる。「なにが？」という顔をしたので、紅葉は言葉を続けた。

「ごはんくらいわけてくれるんじゃない？　女子高生の手作り弁当よ。貴重なのよ。一部の男どもが泣いて喜ぶほどの品なのよ」

おおいに偏見まみれの一言を告げると、狐は興味がないと言わんばかりに顔をしかめた。

「あそこにいると耳が痛い」

「まあ贅沢《ぜいたく》な」

紅葉は呆れながら机のフックに下げた袋を取り出す。以前は小さなお弁当箱だったが、狐と一緒に食べるようになってからは重箱になった。料理はいつものごとく厳選素材で作られ、重箱もどこぞの名のある品らしい。紅葉は袋から風呂敷に包まれた重箱を取り出す。そこで少し違和感を覚えた。いつもはきれいに包まれた風呂敷が、今日に限って乱れていたのだ。向かいに座った狐が、ふんふんと鼻をひくつかせて奇妙な顔をする。

紅葉は慌てて風呂敷をほどいた。

重箱はいつもと同じ——だが、蓋《ふた》と箱の柄がずれている。シェフの几帳面《きちょうめん》さを物語るようにいつも柄を合わせているのに、やはり違和感を覚えてしまう。

蓋を静かに開ける。

一番に視界に飛び込んできたのは見慣れたノートの切れ端だった。『生徒会長の立候補を取り下げろ』と書かれた紙と、下ごしらえから詰め込みまで細心の注意を払ったのだろう料理にべったりとトッピングされた青い絵の具——下の段を見る。次は黄色い絵の具だ。その下は緑の絵の具がまんべんなくまぶしてあった。

「うわ、なんだよ。今日の弁当は斬新《ざんしん》だな」

紅葉の手元を覗き込み、通りすがりの徳太郎がケタケタと笑った。

「……これは車屋くんの仕業じゃないの？」

「はあ？　なんで俺なんだよ。絵の具なんて持ってねーし」

「そうね。車屋くんはこんな地味なことはしないわよね」

「地味って」

「手紙なんて残さないし、なにより紙に書かれているのは……」

いつもの文言《もんごん》なのだから、結花陣営からの嫌がらせだ。結花の取り巻きを見たら、素知らぬふりをする者と、ちらちらと様子をうかがう者と二つにわかれていた。

「……私の食べ物が……」

《なんとむごたらしいことを》

狐とコン太が、この世の終わりとでも言わんばかりの顔をしている。紅葉は重箱を風呂敷に包み、軽く手を打ち鳴らした。

「司！」

鋭く呼ぶと、相変わらずのフットワークで司が姿を現した。

「呼ばれると思って待ってるの？」

「呼ばれてもいいように心構えをしているだけです。お食事ですか？」

当然のごとく尋ねる司に、クラスメイトたちもすぐに異変を察知したらしい。興味津々《しんしん》な顔で見つめてくる。けれど紅葉は好奇の眼差しをすべて無視し、司を見上げた。

「今日はお寿司《すし》が食べたいわ」

「かしこまりました」

司はうなずき、携帯電話を取り出す。いつも感心するのは、司が電話をかけてからの速度である。学校の近くにシェフが常駐しているのではないかと疑うほどに、料理が届くのが速いのだ。今日は白衣に白いエプロン、和帽子まで完備した寿司職人も届いてしまった。

「らっしゃい！」

クラスメイトたちは皆、「来たのはお前だろう」と突っ込んでいたに違いない。紅葉も実際、そう思った。

「やりたい放題だな。あんなので生徒会長なんて務まるのかよ」

どこからか不満の声が聞こえてきた。

「自分ばっかりいい思いして、感じ悪いんだよな」

無視しておすすめから頼んだら定番のウニが出てきた。和牛、大トロ、穴子、アワビと次々と握られていく。狐は紅葉の三倍の勢いで食べ、コン太はマグロの切り身に豊かなしっぽをぱたぱたとふった。

「金持ちなのをひけらかしてるんだ」

「どうせ生徒会を私物化するだけだろ。生徒のことなんて微塵《みじん》も考えねーって」

わざとらしく聞こえてくる非難の声。

「スローガンって〝学校を楽しく〟だろ？　なんだよ、具体案ゼロじゃん。説得力皆無。

やる気ねえんだよ」

　紅葉も司も無視を決め込んでいるが、狐の表情はどんどん厳しくなっていく。コン太も刺身から口を離し、耳をぴくぴくさせていた。腰を浮かせる狐を紅葉が止めようとしたそのとき、がんっと音をたてて徳太郎が机を蹴飛ばした。

「なあ、お前らが木津音紅葉の弁当箱に絵の具ぶっかけたの？」

　びっくりして口を閉じた結花の取り巻きたちは、目を白黒させて徳太郎を見た。中央でお姫様よろしく守られている結花も、驚いたように肩を揺らしている。

「俺のせいにされて、すっげー迷惑なんですけど？」

「な、なんのことだよ？」

　刺々しく乱暴な徳太郎の声に、取り巻きたちが狼狽《うろた》えた。

「違うの？　てっきりお前らだと思ったんだけどさ」

「……いつも車屋がやってることだろ」

「やってるよー」

　へらりと徳太郎が口元を歪めた。ぞっとするような笑い方だった。そういう笑い方をさせてしまった原因が自分にあると知っている紅葉は、口を挟む代わりにそっと目を伏せた。

「でも、自分がやったこと、人になすりつけたりしねーよ」

　淡々《たんたん》と事実だけを述べる声。車屋徳太郎は、昔は一番仲のよかった友だちだった。家が近かったせいもあるだろう。真っ黒に日焼けするまで遊び回るような子どもである徳太郎と、小さいながらも体力のあった紅葉は無二の親友のようにいつも一緒だった。

それが変化したのは紅葉が七歳、木津音本家に引き取られたとき。

二人の関係を決定づけた事件があった、それから。

「で、お前らがやったの？」

徳太郎の問いに取り巻きたちは押し黙る。

「それとも、やらせたの？」

結花に向けられた問いに、取り巻きたちの顔色が変わる。

「違う」

彼らのうちの一人が短く答えるのを聞き、徳太郎は「ふうん」と返して席に戻っていった。結花は当惑したように徳太郎と取り巻きたちを交互に見ている。

奇妙な沈黙が教室内を支配していく。

紅葉は小さく息をついた。

5

生徒会総選挙当日。

その日は見事な秋晴れだった
四時限目に選挙演説と投票があり、その日の放課後に現生徒会の手で集計作業がおこなわれ、翌日の朝には結果が発表される。授与式と引き継ぎも選挙の翌日、放課後に生徒会室で粛々《しゆくしゆく》とおこなわれる。これ以降、新体制で生徒会が運営されるのだ。

朝のあいさつは力が入った。司はもちろん、狐もコン太もたすきをして紅葉の応援に立ってくれている。愛想を振りまけと命令したら困惑したので、女子には接近戦をこころみろと伝えたら、距離感の摑めない狐が必要以上にべたべたしたおかげで四方八方から悲鳴が巻き起こり、あっという間に狐の虜《とりこ》が大量にできあがった。

劣勢には違いないが、これはひょっとしたら、と希望を抱く程度には好感触である。敵陣の狼狽えっぷりが紅葉の期待を確信に変えた。

決戦は、四時限目。

紅葉はいっそう気合いを入れた。

緊迫感が辺りを包む。

負けるなんて考えもしていなかったが、状況は刻一刻と変わっていき、すでに把握《はあく》できなくなっていた。

「木津音のちっこいほう、なんか面白いよな」

「意外とかわいい」

「意外ってなんだよ、意外って。まー、姉と妹とじゃ系統違うけど、確かにどっちも美少女系なんだよなー。どっち投票する?」

「迷ってる。はじめは姉にしようと思ってたんだけどさ」

「そういえば仮面エックス、最後まで選挙活動してなかったな。まさか演説も欠席とかだったりして」

「それやったら棄権だろ。あれ?　その場合って、副会長は?」

「副会長だけ再選挙じゃねーの?」

生徒会総選挙は意外な盛り上がりを見せていた。姉妹対決とあってもともと一部では注目されていたが、副会長立候補者が一度も選挙活動をしないままここまで来てしまったので、総選挙自体が関心を集める結果になっていた。

「……やばいな」

と、うめいたのは結花様親衛隊〇〇一番である。

「結花様が負けるなんてことになったら、俺は……俺は……っ」

真っ青になってぶるぶる震えだしたのは結花様親衛隊〇〇三番だ。

「落ち着け、〇〇三番。結花様が負けるはずない。見ろ、あの神々しいまでのお姿!　オーラが違うんだよ、オーラが！」

　ぴんと背筋を伸ばし、一人で演説用の原稿を読む結花の姿は輝いてすら見え、〇〇二番が力説する。彼の目に紅葉は一切映っていなかった。

「そう言うけど、実際、向こうもかなりいい線行くと思うんだよね」

「なに言ってるんだ、〇一〇番！　口を慎《つつし》め！」

　〇〇二番がたしなめる。しかし、誰の胸にも不安が広がっていた。われらが結花様が負けるなんてことは万が一にもあり得ないが、それでも絶対というわけではない。

「狐！　演説原稿を読み直すからつきあいなさい！　北棟に移動するわよ！　急いで！」

　勢いよく立ち上がった紅葉が狐を連れて教室を出て行く。それを見ていた親衛隊メンバーの肩が震えた。次が四時限目——いよいよ生徒会総選挙の演説時間だ。直前に体育館が利用されたので、演説会の開始が十分遅れる。そのわずかなあいだに木津音紅葉は演説の練習をしようというのだ。

　その意気込みに、不安はますます大きくなった。

　互いに視線を交わし合ったあと、親衛隊メンバーは同時に立ち上がった。教室を出るとすでに紅葉たちの姿はなく、廊下は誰に投票するか話し合う生徒であふれていた。

　原稿を読むなら立候補者たちにあてがわれた活動拠点用の準備室だろう。迷うことなく北棟に向かって走り出す。途中の渡り廊下や階段にも紅葉たちの姿はなく、三階の廊下にもいない。もしかしたら途中で気が変わって体育館に向かったのではないか――そう動揺していると、準備室から人の気配とともに話し声が聞こえてきた。

「私は、生徒会長に立候補した一年一組木津音紅葉です。皆さん、学校は楽しいですか？それとも、つまらないですか？」

「つまらないぞ」

「狐！　お前の感想は聞いてないし、授業は退屈なものなの！　黙ってなさい！」

きいっと紅葉が怒鳴る。紅葉が準備室にいたことに安堵した取り巻きたちは、思った以上にまともな演説原稿を用意していた紅葉に青くなった。選挙活動の大半は空振りで、大量に刷られたポスターやビラは一部生徒から顰蹙を買っていた。演説だって普段の彼女通り独りよがりな内容になるはずだった。

それなのに彼女は、選挙当日になってまともな演説をしようとしている。

結花が負けるとは思っていない。だが、もしもということがある。

否、もしものことがあってはならないのだ。

誰ともなくドアに近づいた。

〇〇一番がポケットをさぐって一本の鍵を取り出した。いざというときのために内密に作っておいたスペアキーだ。それを鍵穴に差し込み、ゆっくりとひねる。

まだ生徒たちは教室だ。紅葉たちに気づかれて騒がれでもしたら、今度は結花に迷惑をかけることになる。鍵を握る手や背中に、びっしょり汗をかいていた。

「私が目指すのは、誰もが楽しく充実した毎日が過ごせる学校作りです。校内美化はもちろん、生徒一人ひとりの――」

カチンッと乾いた音がした。皆が硬直して室内の様子をうかがう。

「自主性を重んじ、また、各種リクリエーションにも力を入れ……」

紅葉の声が抑揚《よくよう》なく続く。気づかれていない。ほっと息をついていると、〇〇七番が隣の部屋からモップを持ってきた。それをドアの片側に噛ませ、皆で視線を交わし合い、廊下の奥にあったロッカーを四人がかりで移動させてドアの前に置いた。これで簡単には出られないだろう。廊下側に窓のない部屋だったのは幸運だった。

「〇〇四、〇〇五、見張りを頼む。他のやつも各通路に待機だ」

〇〇一番は懸命に指示を出す。声はうわずり、心臓がバクバクし、緊張のあまり何度か気が遠くなりかけた。それでも、結花のためだとおのれを奮い立たせて階段を下りた。

生徒たちが移動をはじめている。腕時計を見たところでチャイムが鳴った。教師が廊下に立って早く体育館に入るようにとせきたてている。

演説会まであと十分――北棟の様子が気になって何度も窓の外を見てしまった。

「おい、移動だ、移動！　立ち止まるな！」

教師に声をかけられ、〇〇一番は人波に溺《おぼ》れそうになりながらも廊下を歩き出した。今日ほど一分一秒が長いと感じたことはない。体育館に着いたとき、演説会まであと八分もあると知って落胆した。ステージ上にはパイプ椅子《いす》が十一脚置かれていて、結花はすでにその一つに腰かけていた。ただ座っているだけでも彼女は十分に神々しかった。これからさきもステージに立ち続ける彼女が見られるのかと思うと感動に震えた。神楽殿で見たとおり、彼女は光のあたる場所がよく似合っている。

「クラスごとに整列、室長は点呼しろよー」

教師の声が聞こえて○○一番はぎくりとした。一年一組の男子生徒はその半数以上が打倒木津音紅葉を合い言葉に作戦行動中だ。体育館には来られない。ドアはふさいだが、並外れた運動能力の持ち主である多田野狐が無理やりこじ開けてくる可能性がゼロではないので、同志たちが各所に待機し足止めをする手筈《てはず》なのだ。紅葉が演説会に来られなければ失格――遅れてきても、心証は確実に悪くなる。それが結花に有利に働くことになるだろう。そのため、同志諸君には頑張ってもらわなければならない。

「先生、あの、男子が腹痛で……」

「男子？　なんだ、一組はやけに少ないな」

「え、えっと、だから……ジュース！　ジュースを回し飲みしたんです！　なんか、古かったみたいで、みんな腹が痛くなってトイレから出られなくなって……」

教師をつかまえしどろもどろに説明すると、呆れたように息をつかれてしまった。

「ったく、なにやってるんだ一組の男子は。人数分の投票用紙を渡しておくから、あとで回収してきてくれるか？」

「はい！　ありがとうございます！」

　テストやかしこまった行事ではないためか、教師は思った以上にあっさりと退《ひ》いてくれた。〇〇一番はほっと胸を撫で下ろして列に戻る。わらわらと座る生徒につられて床に座ると、ひどく疲れていることに気づいた。

「もう少しの辛抱《しんぼう》だ」

　生徒会長立候補者の演説は一番はじめにおこなわれる。紅葉の席はいまだに空席──携帯電話も鳴っていない。つまり紅葉はまだ準備室で演説用の原稿を読んでいるのだ。組んだ指先に視線を落としていると、さざ波のようにどよめきが広がった。

　〇〇一番が顔を上げると、書記と会計の席が八脚とも埋まっていた。どよめきのもととなったのは、副会長の席に腰かけた人物である。学ランを着た長い手足にがっちりとした体格の男は、購買部で使われる白い紙袋を頭からかぶっていた。目の部分だけがくりぬかれた紙袋の額には、黒くバツ印が書かれている。

「あれが仮面エックス？　マジかよ、冗談かと思ったのに！」

　〇〇一番の心境を読んだかのようにどこからか呆れ声が聞こえてきた。仮面エックスは館内のどよめきなどどこ吹く風でパイプ椅子に座っている。

「あれで通っちゃうとかぬるすぎる」

「ああいうちょっとふざけたの好きかも。副会長って一人だから信任投票だっけ？」

「あたし不信任」

「どーせ演説のときに正体わかるし、そのとき決めればいいんじゃね？」

館内の興味は仮面エックスに集中している。結花と仮面エックス以外の立候補者は、手元の原稿を幾度も読み返し、どこか落ち着きがなかった。
○○一番は再び時計を見た。あと一分。携帯電話は鳴らず、作戦失敗の連絡もない。今ごろ紅葉たちは開かないドアに焦っているかもしれない。演説会で校舎に人はなく、助けを求められる相手もいない。紅葉と狐が携帯電話を持っていないのは確認ずみだ。司一がどう動くかと不安だったが、どうやらあの男の介入もなかったようだ。
誰かが紅葉を捜しに行った気配もない。棄権したと思われているのかもしれない。

心臓がこれ以上ないほど胸の奥で暴れ、口から飛び出してしまいそうだった。喉が渇く。ステージに進行係である生徒会副会長の姿が現れた。マイクスタンドの位置を確認し、館内を眺める。体育館のドアが閉まる。教師が生徒たちに静かにするよう指示を出す。

あと二十秒。
○○一番はぎゅっと胸を押さえて深く息を吸った。
もう少し。あと少し。ステージの上のパイプ椅子は、その一つが空席のまま。

十、九、八、七、六、五、四、三、二――、

一をかぞえる直前に、ステージの袖《そで》から小さな影が悠然と現れた。

「………⁉」

〇〇一番は前のめりで腰を浮かせた。

「ど、して……⁉」

たった一つ残された空席に腰かけたのは、木津音紅葉だった。息を乱すこともない彼女の顔からは、焦りや緊張といった感情は読み取れなかった。

〇〇一番はとっさに携帯電話を見た。作戦が失敗したという連絡はない。同志が体育館に現れていないのなら計画は続行中――。

『定刻になりました。第七十四回、生徒会総選挙、演説会をはじめます』

副会長の声が凜《りん》と館内に響いた。

6

紅葉は小さく息をついた。館内を見回すと、一年一組の列に一人だけ中腰になってステージを見る男子の姿があった。結花の取り巻きだと確認しなくてもわかる。

そして、彼の動揺も。

「姑息《こそく》な手段を使ってもだめよ。そういうものは、私のほうがずっと得意なのだから」

ささやくと隣の紙袋がちらりと紅葉を見てきた。なにか言いたげなのが気配から伝わってくるが、紙袋はそのまま押し黙っている。

『それでは、生徒会会長立候補者から演説をはじめます。一年一組、木津音結花さん』

「はい」

パイプ椅子から立ち上がる結花に皆の視線が集中する。木津音神社の巫女は、さすがに人前に立つことに慣れている。しかも立ち居振る舞いが雅《みやび》で美しく、誰の口からも感嘆の溜息が漏れた。土壌が違う。生まれた家も、育った環境も、そのすべてが彼女を特別な存在に押し上げている。

『一年一組、木津音結花です。このたび、生徒会長に立候補しました』

凛とした声は緊張に震えることもなくどこまでも澄《す》んでいた。演説用の原稿を広げているが手元を見ずに、生徒たちに語りかけるような口調で言葉を続ける。

『一年生だとがっかりされたり、未熟な私に不安を覚える皆さんも多いと思います。実際に、私もとても不安です』

少し、笑いが起こる。「そんなことないよ」「応援してる」という声は、結花陣営のものだろう。結花はかすかに微笑んだ。

『ですが、私も学校をよりよくしたいと思っている生徒の一人です。今まで尽力してくださっていた生徒会の皆さん以上に、私はこの学校をよくしたい。そのためには皆さん一人ひとりの力が必要です。高校生活は三年です。たった三年しかありません。私はその三年間を無駄にしたくない。一生の中で一番光り輝く時間にしたい。そのために、どうか私にチャンスをください。皆さん一人ひとりの高校生活を最高のものにするために……』

結花の言葉はひどく大げさに聞こえた。だが、彼女のまとう空気が、懸命に話しかける姿が、不思議と生徒の心を摑んでいく。彼女は学校の問題点、自分が当選したらそれらをどうしたいかを一人ひとりに話しかけるように訴えた。強い言葉は含まれず手本のような演説なのに、館内の空気が一体になるのが伝わってきた。

『ご清聴《せいちょう》、ありがとうございました』

深く結花が頭を下げると、割れんばかりの拍手が巻き起こった。びっくりしたように目を瞬き、安堵とともに思わず浮かんだまっさらな笑みは、計算していてもけっして出せるものではないだろう。このままでは紅葉が負けるのは確実だ。

『ありがとうございます。続きまして、一年一組、木津音紅葉さん』

結花が椅子に座ってから副会長に声をかけられ、紅葉はふっと息を吐き出す。

もともと不利なのは承知の上だ。今さらひるむほどのことではない。

――自分が使える武器を全部出し切るだけだ。

ゆったりとした足取りで演台に立ち、まっすぐ皆を見回した。すでに興味がないと言わんばかりにあさってを向く生徒もいれば、こそこそと内緒話をする生徒もいる。中には興味津々で見てくる者もいたが、どうせあまりいい意味の期待はしていないだろう。

紅葉は両手で演台を強く打つ。スピーカーの音が割れ、館内が静まりかえった。

『木津音紅葉よ。私のことを知らない人間はいないでしょうね？』

理事長の養女であり、毎日黒塗りの高級車で登下校し、ことあるごとに司一を顎で使いトラブルを金で解決する問題児――それが、木津音紅葉である。札束で人の頰を叩いただとか、やばい人間を雇って気に入らない生徒を消しただとか、教師は言いなりだとか、おおよそろくな噂が立っていないことは知っている。

――自分ばっかりいい思いして、感じ悪いんだよな。

ふっと、結花の取り巻きたちの言葉を思い出した。

――金持ちなのをひけらかしてるんだ。

そうとも。金で解決できるなら〝安い〟ものだ。利用できるならどんどん利用してやる。紅葉にとって、それは〝生きた金〟なのだ。

――どうせ生徒会を私物化するだけだろ。生徒のことなんて微塵も考えねーって。

それのなにが悪いのか。まず第一に自分のことだ。自分を犠牲にして他人に尽くしてなんになる。慈善事業にのみ従事する〝できた人間〟なんてそうそういない。自分が満たされたあと、余力で他人に手を貸す。それがもっとも理想的で負担のないボランティアだ。

――スローガンって〝学校を楽しく〟だろ？　なんだよ、具体案ゼロじゃん。説得力皆無。やる気ねえんだよ。

やる気は十分にある。行動に移すための方法も知っている。言葉一つ、指一本ですべてを動かしてみせる。

そのための力を。

押し黙った紅葉を見て館内がざわつき出す。

紅葉は口角を引き上げた。司いわく〝悪手の顔〟で微笑み、ステージの上から生徒を睨《ね》めつけた。

『公約よ』

明言して、紅葉は言葉を続けた。

『食堂を一新し、一流シェフを雇うわ。もちろん食事は格安で提供します』

生徒たちのあいだに、ざわめきが波のように広がった。

『空調設備を一新、体育館も新築しましょうか。そろそろ老朽化も激しいし』

一部の生徒が息を呑《の》む。どうやら体育館を利用する部活に所属しているらしい。明確な反応に褒美を与えるように、紅葉は言葉を続ける。

『それから、部活動に使う用具も買い換えましょう。ボールのような消耗品やマット、跳び箱、卓球台……そうだわ。グラウンド整備に必要なものもいるわね』

今度は別の生徒の目の色が変わった。

『図書館の本のリクエストも溜まっていたわね？　そちらも購入しましょう。プールも老朽化が進んでいるし、そろそろ建て替えの時期よね。あとはなにが必要かしら……』

「紅葉！」

厳しい声に紅葉は振り返る。パイプ椅子を蹴倒す勢いで結花が立ち上がっていた。

「そんなものは、演説ではありません」

『だから公約だと言ってるでしょ。私が当選したら守るの。私なりに、よりよい学校生活を過ごすための提案よ？』

絶句する結花は、司会である副会長に審議を求めるように視線を投げた。

『寄付なら問題はないと思うのだけれど』

紅葉が重ねて告げると、副会長はステージの袖にいる会長へ当惑した顔を向ける。どよめき続ける館内を興味深そうに眺めていた会長は、顎をさすってしばし思案し、親指と人差し指で小さく丸を作ってうなずいた。

『き、寄付ならば問題はないとのことです。演説を、続けてください』

副会長の言葉に満足げに微笑んだ紅葉は、愕然と立ち尽くす結花を一瞥してから生徒たちに向き直った。

『私に投票することはみんなにも確実に利益に繋がるわ。第一』

ふと言葉を切って、紅葉はもう一度振り返った。そして、結花を指さした。

『木津音結花は周りに持ち上げられて神輿《みこし》にのぼっただけよ。自分の意思で会長に立候補したわけじゃないわ。だから、きれいごとを並べて耳触りのいい演説しても、その中身はからっぽなのよ』

「な……っ」

『私が気づかないとでも思った？　結花はもともと人前に出るのがきらいでしょ。周りに合わせてやりたくないことをやって、笑いたくないのに笑って。全部他人任せじゃない。そんな人間に会長なんて務まると本気で思ってるの？　結花を神輿に乗せた人たちが、そのまま神輿をかついでくれるわけじゃないのよ』

結花の顔色が変わった。細い肩がぶるぶると震える。視界の端、副会長が紅葉の糾弾《きゅうだん》を止めようとマイクを握ると、意外なことにそれを会長が制した。

つまり彼は、このまま続けさせたいらしい。

紅葉は獲物を見つめる獣のように、結花に向ける目を細める。

結花もまた、鋭く紅葉を見つめ返してきた。

結花が自発的になにかをはじめたことはなかった。

すべて周りから強要されたことの結果だった。

木津音コンツェルン社長令嬢、木津音神社の巫女、男子に信奉されるお嬢様。そして今、木津音高等学校の生徒会会長という肩書きが加わる。流されるままに、周りが望んだままに。

『ねえ、気づかれていないと思った？』

紅葉が嘲笑《あざわら》うように問いかけてくる。全部完璧に演じきっていた。清らかでおとなしく、優秀で心優しい娘。どんなときでも笑顔を浮かべ、初心《うぶ》で人をうらやむことも憎むこともない稀有《けう》な存在。それが、木津音結花という人間であるはずなのに。

『知ってるんだから。結花は周りに誰もいないと、なにもできない人間だってこと』

めまいがした。人に好かれようと――父に好かれようと取ってきた行動を、あとからやってきた紅葉に、なにもせず愛され、それが当然という顔をし続けるような人間に言い当てられるなんて。

情けなくて、腹立たしくて、それなのになにも言い返せなくて、結花はぎゅっと唇を噛みしめた。

『でも、頭はいいのよ』

唐突に紅葉の語調が変わった。

『人望もあるの。それこそ、私なんかじゃ太刀《たち》打ちができないくらいにみんなから好かれている。それだけは私も認めているわ』

一体全体なにが言いたいのか。結花が戸惑っていると、館内も再びざわめきだした。ふんっと紅葉が鼻で息をつき、細い腰に手をあてる。

『だから私は、木津音結花を副会長に推薦します』

その一言に、結花の頭の中が真っ白になった。

「な、なにを言ってるんですか⁉」

『だから、結花はトップじゃなくて参謀《さんぼう》向きだってさっきから言ってるじゃない』

「いつそんなこと……っ」

『……結花が神輿に乗っても担《かつ》ぎ手がいないのよ。その点、私には担ぎ手がいるの。だから結花は船頭《せんどう》をしてちょうだい。ああ、先導でも扇動でもいいのだけれどね、私が行く方向を決めるから、それに意見してほしいのよ』

けろりと紅葉が語る。

『トップは適度にワンマンがいいのよ。参謀がそれをとりまとめるの。だから参謀は、人望が厚くて頭のいい、優秀な人じゃないと困るわ』

「な、なにを勝手なことを……」

『そうよ。私は身勝手だから、結花に選ばせてあげる』

傲然と言い放つその姿は、本当に腹が立つくらいわがままで身勝手だった。

嫌いだ。大嫌いだ。世界中で一番、これほど気が合わない相手なんていないと思うくらいに気に入らない。

——それなのに。

彼女ほど、自分のことを理解している人はいないのではないかと思えてしまった。生徒会に入れば結花は独りだ。書記と会計が二年生ということを考えれば、一年生の会長にはたいした発言権はないに違いない。もともとさほど主体性のない彼女のこと、なにもできないまま、周りに流されるまま任期を終えるのなんて目に見えている。

だがここに爆弾がある。否、紅葉は自由気ままに動き回り、一度踏んだら取り返しのつかない〝歩く地雷〟である。いくら二年といえど、手に負えるレベルのものではないに違いない。

腹の奥、かすかにうずくような興奮があった。

この女を止められるのは自分だけ——そんな、奇妙な確信が湧いてきた。

生徒会長としての自分と、副会長としての自分。どちらがしっくりとくるか考えたとき、結花の中で答えが出ていた。

大嫌いな相手。だからこそ、今度は逃げずにいようと思った。目を逸《そ》らさず、うつむかず、自分の意志で戦おう、と。

結花はすっと手を上げる。

「会長選を辞退します。その代わり、副会長に立候補しても構わないでしょうか」

結花がオロオロとする司会者に尋ねると、ステージの袖から会長が姿を現した。

『大変面白い状況だけど、残念ながらそれは許可できない。立候補の締め切りは二週間前に終わっていて――』

『いいえ、会長』

会長の言葉を、紅葉は鋭く遮った。そして、演台から離れるとパイプ椅子に腰かけていた候補者にすたすたと近づいていく。彼女は唯一の副会長立候補者である仮面エックスの前で立ち止まると、その紙袋に手をかけた。

誰もが「あっ」と声をあげた。紅葉はあっさりと紙袋を取ってしまったのだ。そこにいたのは司一――紅葉のお目付役である。さすがに予想外だったのか、司の表情が凍りついていた。

紅葉は踵《きびす》を返し、紙袋を結花にかぶせて会長に向き直った。

「仮面エックスです」

紙袋をかぶった結花を指さし、紅葉はきっぱりと言い放つ。これにはいつも飄々《ひょうひょう》としている会長も狼狽えた。

『え……あ……いや、あのね……』

「仮面エックスです。名前も、性別も、どのクラスに在籍しているのかもわからなかった、仮面エックスです」

司がたった今かぶっていた紙袋にはわずかに熱が残っていた。とっさに深呼吸した結花は、彼の残り香を吸い込んでしまったような気がしてくらくらした。しかし、無茶苦茶なことを言い出した紅葉にぎょっとして正気に戻る。紅葉は再び演台に戻った。

『私の演説は以上をもって終了、これより会長選は信任投票に移行します。当選のあかつきには公約実現に全力を尽くすのでよろしくお願いします。引き続き、副会長立候補者である仮面エックスの演説です』

今さら敬語を使うのかと、どうでもいいことで混乱しながらも、結花は紅葉に背中を押されてよろよろと演台に立った。いろいろと無茶苦茶だ。司会から中止の達しがないことを確認し、結花はマイクスタンドをぎゅっと握った。

結花は静かに息を吐き出した。

注目が集まっている。好奇の眼差しと同じ、あるいはそれ以上の、期待の眼差し。

結花はゆっくりと頭を下げた。

『仮面エックスです。そう登録されているので、このままの姿で演説します。私は……』

少し、緊張した。

自分の弱いところを認めるのは辛い。それを人前にさらすのは怖い。それでも、紅葉に暴かれてしまった今となっては、隠すのはもっと格好悪くていやだった。

『私は、流されやすくて、主体性のない人間です。学校のためになにができるか、まだなにもわかりません。だけど』

自分にできることがある。そう思えるだけで、不思議なくらい気持ちが前向きになる。

『会長の暴走は私が止めます。生徒会が生徒のために活動できるよう、全力で舵《かじ》取りをします。私を信じてついてきてください。よろしくお願いします』

深く深く頭を下げる。ぱらぱらと聞こえてきた拍手に、結花はぎゅっと目を閉じた。

席に戻ると司の姿はなかった。ちょっと迷いながら彼が座っていた場所に腰かける。紙袋と違って熱は残っていなかったが、彼が座っていた場所に自分が座っているのだと思うとそれだけでドキドキしてしまう。ゆるみそうになる唇をきゅっと引き結んで書記の演説を聞いていたら、紅葉が口を開いた。

「私が会長に当選したら、司が副会長をする予定だったの」

横を向いても紙袋が邪魔してよく見えなかった。両手で穴の位置を調整していると、

「もし落選したら、私が司から紙袋を奪って仮面エックスになるつもりだったのよ」

そんな告白が続いた。意外なことに、紅葉はどうあっても生徒会に入りたかったらしい。

「でも私、参謀ってガラじゃないのよ。どう考えたってトップでしょ？」

「……そのうぬぼれはどこから来るんですか？」

「言わなかった？　参謀は優秀じゃないとだめだって」

「それなら司だって……」

「司は優秀だけど、司のために理事長の娘《わたし》にたてつく人間はいないわ。それを見て思ったの。悔しいけれど、私の片腕は結花なんだって」

奇妙な言い回しをしながら紅葉は少し不機嫌顔になった。

これで結花が当選できなければ、それは無茶な提案をしてきた紅葉の責任だ。けれどなんだか、それでもいい気がしてきた。自分の意志で進んだ道だ。うまくいっても失敗しても、次の道もまた自分で選んでいけるような気がした。


放課後、生徒会役員たちが南京錠《なんきんじょう》のかかった投票箱を手に北棟の三階に行くと、ロッカーがドアをふさいでいる部屋があった。

「……これは？」

生徒会長が首をひねる。呑気《のんき》なことに、教室の中から話し声がするのだ。

「おーい、誰かいるのかー？」

「いる。ドアが開かない。壊していいか？」

奇妙な具合に会話が途切れ、聞き覚えのある声が問いかけてきた。中にいるのはどうやら多田野狐らしい。木津音紅葉陣営の人間だと気づいたら、その部屋が、彼女が選挙活動に使っている場所であることも思い出した。

「壊すって……ちょっと待って。すぐに開けるから」

皆でロッカーを移動させモップをどかすと、なぜだか施錠《せじょう》までされていた。職員室から鍵を借りドアを開けると、予想通り多田野狐が暇そうに椅子に腰かけ子狐のコン太を撫でていた。

「もしかしてずっと閉じ込められていたのか？」

驚いて尋ねるが、狐は「別に」と言葉を濁してしまった。

「一人？　女の人の声もしたようなんだけど」

「ああ……便利なものが出回っているんだな」

狐は机の上のＩＣレコーダーを指で弾き、感心したようにつぶやいた。ＩＣレコーダーに入っていたのは狐と木津音紅葉の声ではなかったか。わざわざそんなものを流す理由は――ふっといやな感じがした。

「……まさか、選挙妨害でもあった？」

木津音結花の陣営は、一部過激な人間が含まれていると小耳に挟んでいた。演説に出られないよう小細工をしたが失敗した、というのが一番しっくりくる状況だ。

だが狐がなにか訴えてくる様子はない。

そもそも演説会が終わって二時間以上たつ。問題があろうがなかろうが、普通に考え、紅葉かその関係者が様子を見に来てもよさそうなもので――。

「……まあ、キャラが濃いのに影が薄いっていうタイプはたまにいるからねえ」

忘れられていたんだろうな、と、哀《あわ》れになってしまう。

「生徒会室にお菓子があるからどう？」

「食べる」

狐は即答し、コン太の耳がぴくぴくと動いた。本来なら部外者は入室禁止だが、明後日《あさって》からは彼らこそが部外者になる。最後の無礼講ということで、一人と一匹を招いた。

「そういえば、君がここに来るのは二度目だね。一度目は転入したその日だったかな」

そんなことを話しながら投票箱の鍵を開ける。その直後、はっと中を覗き込んだ。ごそごそと紙をより分け、他の生徒会メンバーを呼び寄せる。

「驚いた。圧倒的じゃないか」

副会長の信任投票は集計するまでもなかった。目配せして会長の投票箱も開けてみる。

そして、苦笑した。

「みんな冒険家だねえ」

「そんなこと言って、会長だって冒険しまくりだったじゃないですか」

「ん？」

会長が首をひねると会計は呆れ顔になる。

「仮面エックスですよ、仮面エックス」

「他に立候補者がいなかったし、書記と会計はまともそうな立候補者だったし、多少変わり種が交じってても問題ないと思ってね」

「先生、難色でした」

「生徒会は生徒の自主性を重んじる場所だから」

「木津音紅葉さんのチケットばらまきとかもスルーしちゃうし」

「あれでどのくらい票が変わるのか気になるじゃないか。思っててもできないだろ、ああいうこと。妹の気《き》っ風《ぷ》のよさったら！」

　おかしそうに会長が笑う。

「会長、本当に楽しんでましたよね。ステージ袖でにやにやしっぱなしで……こっちは心臓バクバクだったっていうのに」

　副会長の恨めしげな視線を受け、会長はよく晴れた秋空を仰ぐ。

「うーん。僕はほら、木津音さん……お姉さんの結花さんが会長になったら、手堅くていい生徒会になると思ってたんだよ。でも妹のほうがわくわくするんだよねえ。それに姉も加わったら、これはもう、反対するとか選択肢になかったわけで」

「あのでこぼこっぷりはやばいですよね。生徒完全に呑まれちゃって、あんな演説会はじめて見ましたよ。先生の右往左往っぷりとか！　この世の終わりだって顔とか！　やばいやつに権力いっちゃったぞって真っ青でしたし！」

　書記がゲラゲラと笑う。

「来年卒業とかもったいなさすぎて、もう一年在籍したいくらいだよ」

「会長、推薦決まってるじゃないですか！」

「もう一年！」

「だめですよ、会長！」

　副会長にたしなめられて会長がうなる。そんな会話に、クッキーをかじりながら狐が不思議そうに目を瞬いた。

「選挙はうまくいったのか？」

　会長がうなずくと、狐が目を細めた。

「そうか」

　そうして口元に満足げな笑みを浮かべた。

第四章　敵も味方も紙一重

1

「どうして建て替えちゃだめなのよ」

「そんなに老朽化してないからです」

「でも、空調設備を整えるのよ？　だったら一緒に照明だって替えたくなるじゃない。壁や天井だってくすんでるし、床もすり減ってるわ。洗面所は新品、トイレは断然『ウォッシュレット』でしょ！　そう考えたら建て替えしかないじゃない！　ほら、建て替え！」

「だからそういう問題じゃないと言ってるんです。建て替えるあいだ、生徒はどこで勉強するんですか？　休校にでもする気ですか？」

失念していた。しばし考え、ポンと手を打つ。

「わかったわ、学校周辺の土地を買い占めましょう！　そこを更地《さらち》にして新校舎を建てればいいのよ。いい考えだわ」

「あなたはバカなんですか？」

「どうしてよ⁉　完璧なプランじゃないの！」

「そのお金はどこから出るんですか！」

「私のポケットマネーよ！」

「却下です！」

「どうして⁉　結花《ゆいか》のケチ！」

——場所は生徒会室、うららかな昼下がりである。

「うわあ、またはじまった……」

二年六組会計、坊主頭が清潔感をかもしだす布勢琢郎《ふせたくろう》が口元を引きつらせる。紅葉《くれは》が言った〝公約〟の計算をして何度目かの溜息《ためいき》をついたあとだった。

「これ記録するんですか？」

ペンとノートを手にオロオロするのは二年一組書記の暇《いとま》イズナ。さらさらの黒髪を何度か繰り返し耳にかけて皆の反応をうかがっている。

「いやもういいんじゃね？　っていうか無駄だし」

巻き込まれまいと避難しつつ首を横にふるのは二年二組書記山田啓司《やまだけいじ》だ。いかにも遊び人的な目元涼やかな彼は、すでに紅葉と結花を見ようともしなかった。

「結花さんがいてくれてよかった、結花さんがいてくれてよかった……っ」

神棚に手を合わせているのは二年五組会計の吾妻愛衣美《あづまめいみ》。癖毛をツインテールにまとめたそばかす少女はすでに半泣きだった。

基本的に木津音《きづね》紅葉はテンションが高い。一般的な女子高生とは違うベクトルで盛り上がる。これについていけない二年生は毎度毎度度肝を抜かれるばかりで、暴れ牛のごとき紅葉の手綱《たづな》を引き絞るのはもっぱら結花の仕事になった。普段はおとなしくおっとりした彼女だが、紅葉がかかわるときだけ人が変わったようになるので、最終的にどちらも〝取扱注意〟のレッテルを貼られる結果になっているわけだが。

「じゃあ妥協してグラウンドの照明設備を……」

「どうしてそうお金を使うことばかりに終始するんですか！」

「照明はあったほうが便利じゃない。部活だって長くできるようになるのよ」

「そういうものは学校全体で検討するんです。どうして一人で決めようとするんですか、あなたは！」

「お金出すの私だし」

「だったらお金だけ出して口出ししないでください」

「でしたら、これから紅葉様のことは歩く財布とお呼びしなければなりませんね」

唐突に割り込んできた声に結花がぴたりと口を閉じ、一瞬にして耳まで赤くなってうつむく。生徒会が新体制になって三日目。すでに生徒会メンバーは全員気づいてしまっていた。木津音結花が司一《つかさはじめ》に恋をしていることに。学年は違っていても司は紅葉に呼び出され、頻繁《ひんぱん》に一年一組に訪れていた。しかし、結花の周りにはつねに男子がいて、司との接点はまるでなかった。そのため、結花の恋心は誰にも気づかれることがなかったのである。ところが、紅葉と結花が生徒会に入ったせいで司まで生徒会室に顔を出し、直接言葉を交わすようになった。そのせいでみんなに知れ渡ることになったのだ。

ただし結花自身は、皆にばれていることに気づいていない。

「も、もう、帰る時間なんですか？」

「いえ、様子を見に来ただけです。ここには部外者もいるので不安な面もありまして」

司はそう言って視線を生徒会室の奥に投げた。部屋の最奥には、過剰梱包《こんぽう》されたバームクーヘンの前で待機する狐《きつね》とコン太《た》の姿がある。休憩時間までおあずけを食らっていて、おとなしく時間がくるまで待っているのだ。

「僕はお邪魔でしょうか？」

「そ、そんな……あ、今、お茶を淹《い》れますねっ」

結花は逃げるように右手奥にある給湯室に駆け込んだ。

流し台の前で動きを止めた結花は、さっとしゃがみ込んで両手で顔をおおっている。遠目からも耳まで赤い。

「あらあら、そうなの。うふふふふ」

と、紅葉が笑うのを、二年生たちは見なかったことにして顔をそむけた。心中はまさに「触らぬ神に祟《たた》りなし」である。

緊張と喜びにぶるぶる震えている結花から視線をはずし、紅葉は司を見上げる。こんな美少女に思われてケロッとしているこの男の神経も謎だ。

「……司は部活に入っていないの？」

「紅葉様のそばにいるよう寛人《ひろと》様から言いつけられていますので」

「だったら会計でも書記でも立候補すればよかったじゃない」

「紅葉様が強引に副会長に立候補させたのですが」

確かにそうだった。

「だって、会長の次に権限があるのは副会長でしょ？　だったら予備で副会長の座も押さえておくべきじゃない。こんなことなら仮面エックスをもう一人増やしておくんだったわ」

「誰か別の立候補者がいたら、副会長立候補も弾《はじ》かれていたと思いますよ」

すでに二人ずつの立候補があった書記と会計では却下される可能性が高かった、と、司は言う。狐は敵陣営の注意を引くおとりに使い、司は仮面エックスとして副会長に立候補
――人手の足りない紅葉には、どう頑張っても今以上の状況にはならなかったのだ。

チッと舌打ちして外を見た紅葉は、校舎にそって歩いてくる作業着姿の男に気づいて立

ち上がった。

「狐、来なさい。司はお茶でも飲んでいなさい」

顎《あご》で狐を呼んで生徒会室を出る。階段を下り、渡り廊下を通って来客用の玄関に向かうと、ちょうど作業着姿の男がやってくるところだった。

「おじさん！」

手をふると、浅黒い肌に白い歯を見せて笑った男が、

「なんだ、紅葉ちゃんか⁉　おー、おー、おっきく……なってねえなあ。いくつだ？」

真顔で首をひねった。紅葉は腰に手をあてて、ぐんっと胸を張ってみせる。

「一五〇センチよ。平均的よ、平均的」

「一四九センチだ。司がそう言っていた」

背後から聞こえてきた声に紅葉はまなじりをつり上げた。

「狐！　司の言うことは信用しちゃだめ！　とんでもない嘘《うそ》つきなんだから！」

「わかった」

妙なところであっさりとうなずいた。そして、作業着姿の男を見て目を瞬《またた》く。

「誰だ？」

「ああ、この人は……」

「父さん⁉　なんでここに来てるんだよ⁉」

息を弾ませ割り込んできたのは車屋徳太郎《くるまやとくたろう》だった。陸上部である彼は、今日も人一倍走り込んでいたらしい。体操服が汗でびっしょりと濡《ぬ》れていた。

「なんでって、仕事だよ、仕事。体育館とプールの建て替え。それから、空調設備も全部替えたいって相談されて見積もりに来たんだよ」

「──それって生徒会の公約？」

「い、いや、私の公約よ」

紅葉は肩にかかる髪をはらって徳太郎に言い放ち、改めて徳太郎の父親に向き直った。

「おじさん、体育館から見てもらえる？　生徒たちの要望も聞いて、できるだけ希望にそったものに近づけたいの」

「おう、任せとけ。って、先生は？」

「あ、依頼書は学校名を書いたけど、私からの依頼なの。とにかく見て」

「ん？　そうか？」

不思議そうな顔をしながらも徳太郎の父が歩き出す。あとに続こうとした紅葉は腕を掴《つか》まれて振り返った。

「どういうことだよ」

徳太郎の声に警戒するような響きが含まれているのを聞き、紅葉は思わず眉をひそめた。

「なんで、うちに仕事なんて……なに考えてるんだよ？」

重ねて徳太郎が尋ねた。

徳太郎の家は工場と隣接していて、いつも鉄と油のにおいがしていた。早朝から深夜まで働き、大型の連休は機械の整備や入れ替えのため当然のごとく工員総出で現場へ向かっていた。そういう環境だったから、暇と体力を持てあました腕白《わんぱく》小僧だった徳太郎は、一緒に遊ぶための相手を探して徘徊《はいかい》していた。

当時のことを思い出し、紅葉はますます眉根を寄せた。

「仕事を頼んじゃ悪いの？」

「どうしてうちなんだよって訊《き》いてるんだ」

その質問に紅葉は苛立《いらだ》った。わかりきったことだ。なぜそれを徳太郎に訊かれなければならないのかと、彼女は本気で腹を立てていた。

「腕がいいからに決まってるでしょ」

「腕？」

「小さな工事も多かったけど、別の会社に声かけて人数を集めて、大きな工事だってしてたじゃないの。おじさんなら図面も引けるし、細かいところまできちんと要望にそって作ってくれる。信頼できるから依頼したの。当たり前のことをいちいち訊かないで」

「――本当にそれだけなのか？」

徳太郎の警戒がいっこうに薄れない。それを見て紅葉は激高した。

「私を疑うのは勝手にしたらいいわ。でも、おじさんの腕は信じなさい！　一流の職人でしょう！　そばで見てきたのにそんなこともわからないの⁉」

怒鳴る紅葉に徳太郎が返答に窮《きゅう》していると、「おおい」と呼ぶ声がした。

「紅葉ちゃん、勝手に入っていいのか？　前金あんなにもらっといて仕事しねえわけにはいかないからよ。とりあえず外寸取らせてもらっていいか？」

「今行くわ」

「ま、待て、前金って⁉」

再び腕を掴む徳太郎に足止めされる。要領を得ない会話に紅葉は顔を真っ赤にして怒り、徳太郎の額《ひたい》にでコピンを食らわせた。「ぎゃっ」という声とともに徳太郎が手を放すと、紅葉は細い腰に手をあてて仁王《におう》立ちになった。

「工具を買うのにお金がかかるでしょ！　ボルト一本だってただじゃないのよ！　人だって集めなきゃいけないの！　だから、前金‼　なにか文句あるの⁉」

電話を一本かけるだけでもお金がかかる。工具なんてもっと高い。人を集めようと思ったらまとまったお金が必要になる。だから紅葉にとっては当然の選択だった。

「ありゃ払いすぎだよ、紅葉ちゃん。せめて見積もり出てからにしなきゃ」

遠く、徳太郎の父親が苦笑する声がした。取り引きするにあたって必要書類を全部提出してもらったら口座番号も含まれていた。だからすぐに振り込んでしまった。

「――だって、スケジュールが取れなかったら困るじゃない」

手付けだ。結花にばれたらまたガミガミ言われるだろうが、ここは絶対に譲れない。最高のものを提供するために最高のメンバーで挑む必要がある。

「邪魔したら許さないわよ」

びしっと指さし宣言した紅葉は、呆気《あっけ》にとられて立ち尽くす徳太郎に背を向けた。

「着任早々、失態なんて演じないわよ。私には目的があるんだから」

少しでも時間があれば屋敷に戻ってきていた寛人が、最近ではほとんど顔を見せない。それほど事業に集中しているのだ。反撃するなら今しかない。

紅葉はぐっと拳《こぶし》を握った。


その日の夜、車屋徳太郎はこっそりと父の仕事部屋に忍び込んだ。

口にペンライトを咥《くわ》え、足音を忍ばせて押し入れを開ける。たいへん古風なことに、金庫は押し入れの中にしまってある。しかも古いテンキーなので、一部のキーがすり減っていて、そのキーを根気よく押し続けると開いてしまうザル仕様である。

もっとも、やんちゃな子どもの知的好奇心をくすぐるオモチャという位置づけだったので、とうに暗証番号など調べ終わっていたのだが。

徳太郎は金庫の鍵を開け、積まれた紙の束をごそごそとさぐった。最近は物騒だからと振り込みが多く、金庫の中には泥棒対策の十万円が入れてあるだけだ。徳太郎は銀行の名前が書かれた紙袋を脇に押しのけ、その下にあるクリアケースを手に取った。

「…………」

昼間、前金が振り込まれていると言っていた。それも結構な額らしい。

通帳をクリアケースから取り出してそっと開く。なんとなく目をそむけてしまったのは、父が経営している会社の惨状を知りたくないという気持ちと、他人のものを勝手に盗み見ている後ろめたさのせいだった。

しばらくそのままの格好で思案し、ちらりと視線を戻す。

「……は……っ⁉」

声をあげるとペンライトが畳の上に落ちた。光が窓ガラスにあたってくるくると円を描く。徳太郎は慌ててペンライトを拾って通帳に向けた。ゼロの数をかぞえ、目を疑い、改めて通帳の表紙に記載されている名義を確認する。そしてもう一度、振込金額を見た。

「……嘘だろ、なんだよこの額」

桁《けた》を間違えているとしか思えない。何カ所も工事をするのだから動く金額が大きいのは十分に理解できるが、そもそもこれは木津音紅葉の〝ポケットマネー〟であるはずだ。

「さすが大会社のご令嬢……って、どう考えたって金額おかしいだろ。大会社のご令嬢っていってもあいつまだ高校生だろうが。こんな金額どうやってポケットに入れるんだよ」

しかもこれで前金だ。全額がいくらになるか考えると震えが走った。

徳太郎は通帳をクリアケースに入れるともとの場所に戻し、金庫に鍵をかけて静かに部屋をあとにした。玄関でスニーカーを履き、夜のとばりに包まれた町に飛び出す。数歩進んで足を止めると、そこは九年前から変わらず借地の看板がかかげられた空き地だった。

昔、そこには青い屋根の家が建っていて、両親と女の子が一人住んでいた。とても仲のいい家族で、徳太郎とも家族ぐるみのつきあいがあった。

ある日そこから女の子がいなくなり、間もなく両親もいなくなった。

大人たちが言うには、両親は出世し、大きな家に引っ越したらしい。

女の子は売られたのだ。

女の子を売って、両親は地位と大金を得たのだ。

木津音紅葉は――。

彼女は、徳太郎にとって一番の友人だった。性別なんて飛び越えて、もっとも信頼できる相手だった。

けれど、そう思っていたのは徳太郎だけだった。

徳太郎は左手で右腕をぐっと握る。

右腕に残る、古い傷を。

木津音本家に引き取られた女の子に再会したのは、彼女が姿を消してから一カ月ほどたってからだった。再会に喜ぶ徳太郎に、彼女は切迫した顔で言った。「助けてほしい」と。彼女は自分の家に帰りたがっていたのだ。しかし彼女の両親はすでに引っ越し、誰も行方を知らなかった。だから彼は一緒になって彼女の家族を捜した。何時間も歩き、思い当たる場所はすべて捜し、それでも見つからなかった。

疲れ果てた彼女が歩道橋から足を滑らせたのは、辺りが暗くなりはじめたころだった。気がついたら病院だった。

どうやらとっさに彼女を庇《かば》ったらしい。ギプスで固められた右腕を見て、彼は自分が大怪我《けが》を負ったことを知った。真っ青になる彼女に、彼は「当たり前のことをしただけだ」と返した。彼女の負担になりたくなかった。それに、友人を守って負った怪我だ。勲章だと、動揺を殺し彼は自分に言い聞かせた。紅葉の養父となった木津音寛人も勇敢《ゆうかん》な徳太郎を手放しで褒めてくれた。それなのに彼女は彼から離れていった。「住む世界が違う」と言って。「対等じゃないから」と突き放して。

当惑した彼は、すぐに彼女が告げた言葉の意味を理解する。

ただのサラリーマンの娘から、彼女はさまざまな事業を手がける大会社の令嬢になった。彼女が身を置く世界と徳太郎が身を置く世界には、大きな隔たりができていた。それを彼女は言葉と態度で示してみせた。そんなの気にするなと彼は何度も訴えた。大切な友人を失いたくなくて、以前の関係に戻りたくて繰り返し訴えた。

だが、彼女はかたくなだった。けっしてうなずくことはなかった。

なにがきっかけでスイッチが切り替わったのかわからない。

大切だった友人が、突然、憎らしい存在になった。

そして彼は、なにを言っても尊大な態度を崩さない彼女を痛めつけるように嫌がらせをしはじめた。どこか怒ったような顔でいる彼女が、そのときだけ別の——少しほっとしたような顔をするのを見て、彼女との繋《つな》がりが戻ったような気持ちになった。

歪《ゆが》んでいることには気づいている。

それでも止められなかった。

「ちくしょう……っ」

木津音コンツェルンなんて潰《つぶ》れればいいと思った。紅葉の家は取り壊され、家族はバラバラで、とても昔のようには戻れないとわかっているのに、それでもなお彼女が自由になればいいと思っていた。

それなのに今、彼女が木津音本家の養女でよかったと思ってしまった。

そんな身勝手な自分が、気持ち悪くてたまらなかった。

「ちくしょおおおおお！」

徳太郎は吼《ほ》えるなり夜の町を駆け出した。

2

ざわめく教室の片隅《かたすみ》で、紅葉は少しわくわくしていた。

昨日遅くに体育館の施工図が届いたからだ。ステージは可動式、最新の照明器具と音響設備、もちろん建物の造りも向こう千年はいけそうなほど頑丈だ。床板一枚に至るまで妥協を許さぬ徹底ぶりは圧巻の一言である。

そしてもう一点。

「……紅葉、さっきから口が溶けそうな勢いで歪んでいるぞ」

《あるじさま、不気味です。こやつは人を食う気です》

「いや、こいつならもうとっくに食ってるだろう」

《お、恐ろしい女でございますっ》

狐とコン太が抱き合って怯《おび》えはじめた。

「失礼ね。まだ食べてないわよ」

「まだ、だと……!?」

それはどういう意味での驚き方だと、紅葉は唇を尖《とが》らせる。

「私の機嫌がいいのは……」

興奮のまま広げた腕がなにかにぶつかった。慌てて隣を見ると、立っていたのは徳太郎だった。いつもなら無遠慮に絡んでくる彼が、今日は妙におとなしく「悪い」と一声かけて離れていった。

「おい、どうしたんだよ車屋！　お前が木津音妹に絡まないなんて！」

席につく徳太郎を友人たちが取り囲む。普段から派手な行動が目につくせいか、彼がおとなしいとやはり目立つのだ。

「そういえば木津音姉の取り巻きもおとなしくなったよなー」

「あっちは選挙終わったからだろ。結花サマがキラキラしてればとりあえずいいんだよ」

「ああ、朝礼とか集会の進行係？　あれって普通、会長がやるんじゃねーの？」

「副会長がやってるから平和なんだろ。んで、車屋はなんでいきなり静かになっちゃったのかなー？」

周りも巻き込む徳太郎の行動は、女子にはもっぱら評判が悪い。しかし、男子には意外と受け入れられているらしい。

「お前が暴れてねーと、俺らつまんねえんだけど？」

さすがにその発言はどうかと思ったが、それよりなにより、紅葉のほうが徳太郎の急変に戸惑っていた。ライフワークのように続いていた嫌がらせが、ここ数日ぴたりとやんでいる。ちょうど、徳太郎の父親が採寸に来てからだ。

なにかあったのだろうか。もしかして、父親に注意されたのだろうか。

だからやめてしまったのか。

毎日毎日、あんなに楽しみにしていたものを。

「車屋くん」

紅葉が呼びかけると、徳太郎の肩が小さく揺れた。しかしその視線は正面に固定され、けっして紅葉に向けられることはなかった。

このまま無視されるようになるのかもしれない。ふと、そんな疑問が首をもたげた。いないものとして扱われ、声もかけられず、また、声をかけることも許されないまま送る日々。自分の存在すらあやふやになっていく不安と孤独感――。

これでは、屋敷の二の舞だ。

無視されるのが怖くて、木津音紅葉という存在が消えていくのが怖くて、懸命に愛嬌《あいきよう》をふりまき、それでもなお存在すら認めてもらえなかった、あのときと同じだ。

紅葉は勢いよく立ち上がった。

「ねえ、車屋くん。私をいじめても構わないのよ？」

「は……!?」

仰天して徳太郎が紅葉を見た。

「自分からいじめろとか、バッカじゃねーの!?」

「なぜ？　車屋くんはストレス解消になって、私も満足する。ウィンウィンよ」

「いやだから意味わかんないから。なんだよ、満足するって」

どんな形でもいい、他人との接点がほしかった——そう言って、果たしてきちんと伝わるだろうか。屋敷でも学校でも孤立する中、徳太郎だけが果敢《かかん》に挑んできてくれた。それがどれほど嬉《うれ》しかったか、うまく伝えられる自信がない。

嬉しくて、でも、迷惑をかけたくなくて離れることを選んだなんて——。

「とにかく！　私のライフワークを乱さないでちょうだい！」

「紅葉！　なんてことを言ってるんですか！」

突然結花に怒鳴られて紅葉は肩をすぼめた。生徒会の副会長になるまで、結花は極力紅葉にかかわろうとしなかった。学校では取り巻きがいたし、屋敷でだって、たとえ廊下で会っても会話一つしなかった。それが副会長に就任したとたんこれだ。

「なんで急に絡んでくるのよ！」

「生徒会長の失態は生徒会全体の失態です。私が副会長である限り、失態は許しません。私は投票してもらった一票一票の重みを大切にしているんです」

まるで神楽殿《かぐらでん》にいるときのように、結花は凜《りん》としていた。

「チッ。ここも結花の〝舞台〟になったというわけね」

巫女《みこ》神楽のときの結花は、普段の結花と気迫が違う。それがまさか別の場所でも発揮さ

れるとは思わなかった。完全な読み間違いである。もうちょっとやんわりと補佐してくれると思っていたのに、これでは結花の独壇場《どくだんじょう》だ。

「結花様、なんて頼もしい‼　俺たち一生ついていきます！」

取り巻き《ギャラリー》が結花の背を拝んでいる。つい先日までは「木津音さん」と呼んでいたはずなのに、今では誰もがこぞって「結花様」呼びである。司の情報によると、ひかえめだった結花が紅葉のことになると積極的で、その意外な一面が彼らの心をがっちりと摑んでしまったらしい。

「どうして私のささやかな楽しみを奪っていくのかしら」

ぷりぷり怒っていた紅葉は、一年一組の教室に現れた司に目を細めた。視線が合う。彼がうなずくのを見て、紅葉はにやりと笑った。

つかつかと教壇に向かった紅葉は、一部生徒が雑談を続けるのを一瞥《いちべつ》してから強く手を打ち鳴らした。

「秋の遠足が決まったわよ！」

皆がぎょっとしたように紅葉を見た。いっそう邪悪な顔をして紅葉は笑う。

「日程は十一月一日。場所は北丸《きたまる》大ショッピングモール跡地」

紅葉が言葉を切ると、周りがざわめいた。

「北丸大ショッピングモール跡地ってあれだよな？」

「十一月一日って、十一月一日って……‼」

期待と戸惑いの視線を受けつつ、紅葉はもったいぶるようにゆっくりと口を開いた。

「K《ケー》キングダムのプレミアム・プレオープンを、わが校で貸し切るわよ！」

どっと教室内が沸《わ》いた。

「え、マジ⁉　行けるの⁉　プレプレチケット二分で完売したのに！」

「貸し切るってどういうことだよ⁉」

「すっげー。プレプレって、プレオープンの前の特別招待だろ？　マスコミ入るやつ」

蜂の巣をつついたような騒ぎに満足し、紅葉は席に戻る。遅れて校舎の各所で起こったどよめきは、同様に秋の遠足が発表されたために発生したものだろう。

「ふふふ、ごらんなさい。私のポケットマネーの力を！　超！　有効活用！」

「無駄遣いですよ」

沸き立つ教室にこっそりと入ってきた司が肩を落とす。状況の飲み込めない狐が耳を押さえてきょろきょろしている。

「チケットなんていつの間に手配したんですか？」

「選挙活動中よ。発売日は発表されてたでしょ」

学校で思い立ち、職員室まで電話をかけにいった。そのとき司の携帯電話を借りなかったのは、なんとなく借りづらかったからである。

「友人に電話をして人を集めてもらったの。それで、電話とネットで一斉予約、即完売御礼。転売されないようチケットを回収し、無事に確認がすんだから第二段階に入ったの」

「第二段階というと、……秋の遠足ですか」

今朝、司に遠足の話をして教師を説得するように頼んだ。三時限目の休み時間には了承を取り付けたのだから、それなりに強引な方法をとったに違いない。

「昨日、確認を手伝わされた」

狐はどこか眠そうだ。友人——〝金で動く便利な男〟を介して届けられた封筒は全部で千通以上あった。それを昨日、紅葉と狐の二人がかりで黙々と開封していった。司を呼んで三人でやってもよかったのだが、なぜか狐が難色を示したので二人でやるはめになったのである。中に入っていたのはプレミアム・プレオープンのチケットだ。その枚数、きっかり三千枚。多いのも問題だが少ないのも問題で、すべてを確認し終えたときにはレターオープナーの握りすぎで指が痛くなり、指先の油は紙に取られてかさかさになっていた。依頼のとき枚数を確認するよう厳命しておくべきだった。封筒のまま届けられたことに文句を言ったら「だって聞いてないし」と、サングラス男はあっさりと返した。下手に中身を確認して間違っていたら面倒なので、「言われた通りの仕事をした」ことにして、結果は丸投げしてきたのだ。

「中身が正しかったからよかったけど、違ってたら三途《さんず》の川を渡らせていたところよ」

《ひぃいいいいい》

　ぶるぶる震えるコン太の首をひょいとつまみ上げた司は、それを狐に渡して紅葉を見た。

「本当になにをやってらっしゃるんですか？」

「まあ、司。私がなにをやっているのかわからないの？」

「わからないから呆《あき》れているんです」

「生徒が快適な学校生活を送れるように邁進《まいしん》しているだけじゃない」

　当然のように返した紅葉は、その勢いで言葉を続けた。

「百人くらい集まればチケットの買い占めができるかと思ったのだけれど、その十倍集めてくれたのよ。持つべきものはお金よね」

「せめて友人と言ってください」

　司の訂正に大げさに肩をすくめた紅葉は、じっと見つめてくる徳太郎に気づいて口を閉じる。なにか言いたげな彼は、そのままふいっと顔をそむけ、友人の輪の中に交じってしまった。


　夜になると紅葉は自室に籠《こ》もって集めた資料を読みあさる。

「不正経理なし、未払いなし、不渡りなし、談合なし、恐喝なし」

木津音コンツェルンはクリーンな組織だ。かりに問題が起こっても、トカゲのしっぽ切りよろしく謝罪会見をおこなって減俸や懲戒《ちょうかい》免職という処分ですみやかに収束させてしまう。どの支店もそれは徹底されており、紅葉が調べる限りでは、一切問題がない。

「なんて腹立たしいのかしら！」

書類を投げ捨ててふて腐れる。保護者の事業がうまくいっているのなら喜ぶべき場面でも、その保護者に不満だらけの紅葉にとってはけっして喜ぶべき状況にならないのだ。

「おばさまは高校を視察しながら海外旅行を楽しんでるだけだし」

比重に疑問はあるものの、どうやら定期的に報告を入れ、それが学校行事として採用されることもある。ボランティア活動などはその最たる例だ。

「おじさま個人にもスキャンダルは見つからないし」

仕事人間という表現がしっくりくるほど、彼はアクティブに動き回っていた。これでは女性に目を向けるほどの時間と体力はないだろう。この隙間《すきま》を縫って、紅葉と狐の様子を見に屋敷に戻ってくるのだから呆れてしまう。

「なにかでっち上げるネタはないかしら」

《あるじさま、犯罪のにおいがします！　この女、よからぬことを画策しております！》

ぎゃっぎゃっとコン太が訴える。

「火のないところに煙は立たないと言うでしょ？」

「う、うむ」

気圧《けお》されたように狐がうなずく。

「でも、火のないところに煙を立てるのが謀略というものでしょう？　世の偉人たちはそうやって世界を掌握《しょうあく》したのよ」

「そういう大それた話だったか？」

ぴこんと狐の頭から耳が飛び出す。驚いたときや興奮したときに出る耳は、リラックスしているときにも出るらしい。忙《せわ》しげに動く耳とゆったりと揺れる太い尾を見て、紅葉は思わず身を乗り出しむんずとしっぽを掴んだ。

「ぎゃ⁉」

「あら、弱かったの？」

弱点を見つけたのかと色めきたつ紅葉に、狐は焦ったような声をあげた。

「よ、弱いわけではない。急に触られると驚くだけだ。心の準備というものがあって」

なるほど、と紅葉は納得する。ブラッシングのときは触らせてくれるから、彼の言う通り触れられること自体は嫌いではないのだろう。多くの動物がそうであるように、不用意に触られるのが苦手なのは間違いないようだが。

紅葉は思案してから狐のしっぽから手を放した。

「ねえ狐、しっぽに触ってもいい？」

きっちり正座をし直して真正面から尋ねてみる。

「う、うむ？」

なんだ急に、と、狐の顔が戸惑いに揺れる。

「その豊かなしっぽに触ってもいい？　入念に余すところなく撫《な》でさすり、思う存分堪能してもいい？　大丈夫。痛いことはしないから」

「断る」

「……なぜ？　心の準備のために、誠心誠意、丁寧《ていねい》にお伺いを立てたのに」

「断る」

逃げ腰で拒絶され、紅葉は仕方なくコン太を見た。こちらは全身の毛を逆立てて無言で拒否された。

「わかったわ。頭を撫でるついでにしっぽを触っても……」

「こ、断る」

ちょっと心が揺れたようだが、紅葉が手をワキワキさせながら尋ねたせいで断られてしまった。ブラッシングのとき、狐はいつも気持ちよさそうにしていた。人の姿のときどんな反応をするのか興味があったが、どうやら見ることはできないらしい。残念な限りだ。

紅葉は息をつき、見落としがないかと再び書類に目を通す。

しばらく黙々と読んでいると喉《のど》の渇きを覚えた。

「狐、なにか飲み物を取ってくるけど、お前はどうする？」

《ミルク！　ミルクが飲みたい！》

「……コン太、あれは牛の乳よ」

《なん……だと……⁉》

おいしいものということは理解しているが、その正体は知らなかったらしく、コン太が口をぱかんと開けて固まった。

「私は、……た、炭酸飲料を」

あんなに苦手なのにやっぱり飲みたがる狐に苦笑し、紅葉は自室を出る。もうすぐ十一月になる。夜はめっきり冷え込んで、素足で廊下を歩くのはさすがに寒い。今度みんなでスリッパと冬用の部屋着を買いに行こう。そんなことを思っていると、神楽殿に明かりがあることに気づいた。また今日も結花が巫女神楽を舞っているのだ。

「……神託《しんたく》は、降りないのに」

一番見てほしい人は彼女の努力に気づきもしない。それでも彼女は、おのれの使命をまっとうしようと舞い続ける。

「あんな男、さっさと見限ればいいのよ」

思わず本音が漏れてしまった。経営者としてはそれなりに評価できる。それは数字が表している。不景気の中、安定した経営を続けているのは努力のたまものだろう。

だが、父親としては評価できない。紅葉にとっても、結花にとっても、彼はけっして〝いい父親〟ではないはずだ。

しかしそれは紅葉一人の考えだ。結花に押しつけるものではない。

複雑な心境で視線をはずすと、廊下の奥から歩いてくる人影に気づいた。使用人だ。結花のもとへ行くのか、手にしたお盆にはコップと水差しがのっていた。彼女は紅葉に気づくとさっと顔色を変えてうつむいた。まずい相手に会った、そう思っているのがひしひしと伝わってくる表情だ。結花との関係は生徒会総選挙から少し変化したものの、使用人たちの態度は相変わらずだった。結花は大切なお嬢様で、紅葉はかかわってはならない存在なのだ。

使用人は息を詰め、足早に紅葉の脇をすり抜けていった。

遠ざかる足音に耳をそばだてていると、

「なんだ、あの態度は！」

唐突に不満げな声が聞こえてきた。

紅葉はぎくりとし、一拍あけて右手に延びる廊下を見た。タイミングが悪いことに、ここしばらく忙しさのあまり帰っていなかったはずの寛人が険しい顔で立っていた。髪は乱れ、無精髭《ぶしょうひげ》が顎をおおう姿は、彼の多忙さを物語っているようだった。

「おじさま、お帰りになっていたの？」

「お父様だろう、紅葉。さっきの使用人はクビにしよう」

「——勤続年数が長い使用人をクビにすることは得策ではないわ。おじさまだってよく言ってるじゃない。経験は宝だって」

「経験は才能でカバーできる、ともね。誰に雇われているかもわからない人間は、この家には必要ないよ」

　屋敷の使用人は、司以外はみんな結花の味方である。入って日の浅い使用人の中には中立の人間もいるだろうが、紅葉を尊重しろと言うのなら、ほとんどの使用人がいなくなってしまう。

「そんなことより、最近、あまり帰ってきていないようだけれど」

「ああ、Kキングダムのオープンが近いからね。最終確認や取材でてんてこ舞いだよ。これがうまくいけば、海外展開も視野に入れている」

「視野に？」

「……いや。もともとそれが目的だ。やはり海外市場は魅力的だ。国内で成功を収め、海外に殴り込む。海外メディアからも注目を集めているんだ。今が攻めどきだろう」

　高価な服はしわくちゃで、彼の顔色もずいぶんと悪い。けれどとても楽しげに笑っている。仕事が好きでたまらないのだ。

「それで……紅葉のほうは、どうなっているんだい？」

「どう、とは？」

「神狐《しんこ》様だよ。順調なのかな？」

にこやかに尋ねるのは、もちろん「仲良くやっているか」ではなく「子作りは進んでいるか」の確認である。相変わらずこの男は訊きづらいことをずけずけと尋ねてくる。まるで空気を読まない親類のおばちゃんである。しかし、ここで気圧されていては勝負にならない。

紅葉もまたにこやかに微笑《ほほえ》んでみせた。

「ええ、おじさま。とても順調よ。……でも、少し疑問に思うの」

「なにがだい？」

「生まれた子どもは、どう扱われるのかと」

寛人が不思議そうに目を瞬き「ああ」と声をあげた。

「結花と養子縁組をするんだ。心配ない」

「おじさまとではなく？　結花は嫌がるのではなくて？」

「書類上だよ。僕の養女にしたら末娘が木津音を継ぐことになってしまう。それなら結花の娘にして、僕の次は結花が、その次はその娘が木津音を継いだほうが混乱が少ないだろう？」

なんだか会話が噛《か》み合っていない。紅葉は顔をしかめた。

「自分の娘ではなく、他人が産んだ娘が一族を率いるなんて――」

しかも嫌っている女が産んだ娘だ。かわいいと思えるはずがない。

「なにを言ってるんだ、紅葉」

寛人は軽やかに笑った。

「木津音はもともとそういう家系なんだよ。巫女の力が薄れるたびに、御印《みしるし》の女が産んだ子どもを本家が引き取り、巫女として育てた。つまり木津音の〝本家〟など、もともとが名ばかりのハリボテだ。だから誰の血を継いでいるかなんてたいした問題じゃない」

寛人は両手を広げた。

「この巨大な企業が存続し、僕が頂点に立つこと。それがなにより大切なのだよ。それ以外のことなんて、なにもかもたいした意味は持たないんだ！」

実子である結花の心情を推し量るつもりははじめから微塵《みじん》もなかったのだ。本当に、呆れるくらいのクズッぷりだ。否《いな》、ここまできっちり筋が通っているのなら、むしろすがすがしいのかもしれない。

「……おじさまは、木津音の家が、大好きなのね」

紅葉はそのための駒《こま》であり、道具なのだ。一人の少女を獣に捧《ささ》げることで望みが叶《かな》うのなら、それはきっと彼にとって価値のある犠牲に違いない。食事も、生活環境も、すべては神託の巫女を産ませるため。もっとも、目付役の司は目こぼしもしてくれるので、すべてが寛人の思い通りというわけにはいかないようだったが。

どうやら紅葉と狐の子作り状況を尋ねに来ただけらしい。寛人は用がすんだと言わんばかりに再び仕事へと戻っていった。

寛人が帰宅したことも知らず、結花はまだ神楽殿で舞っているのだろう。

それを思うと、気持ちが暗くなった。


炭酸飲料とミルクを持って部屋に戻ってきた紅葉は、再び資料へと視線を落とした。

紅葉の機嫌はいつになく悪かった。

狐はちびちびと炭酸飲料を舐《な》めながら、資料を読み続ける紅葉を眺める。

「絶対ぎゃふんと言わせてやる、絶対ぎゃふんと言わせてやる、絶対ぎゃふんと言わせてやる」

人を殺せそうな勢いで呪文を唱えている。

「非現実でもいい。藁《わら》人形と五寸釘《くぎ》がほしい……!!」

丑《うし》の刻《こく》参りというやつである。

「直接刺したほうが威力があるんじゃないのか?」

「狐、その通りよ！　直接刺せばいいのよ！　藁人形を用意しなくてすむわ！　なんて名案なのかしら！」

殺気立つ紅葉が目をぎらつかせて手を叩くと、コン太がぶるぶると震えだす。

「いやねえ、冗談よ」

《冗談……》

「それは最後の手段よ」

《あるじさま〜!!　こやつが恐ろしいことをケロッと言っておりますー!!》

「紅葉はいつもこんな感じだぞ」

《あるじさままで感化されてしまった……!?》

コン太が驚愕《きょうがく》にしっぽを膨らませる。紅葉を怖がり警戒しているコン太だが、隙があればするすると寄っていく。そして、彼女の膝《ひざ》の上に陣取るのだ。確かに彼女の手はとても気持ちがいい。妙にツボを突いてくる。

細い指がコン太の頭を撫でるのに羨望《せんぼう》の眼差《まなざ》しを向けていた狐は、はっとわれに返って視線を逸《そ》らした。あの手は魔物だ。実によろしくない。寝る前の丁寧なブラッシングもたいへん危険な行為だと思う。気持ちよすぎて溶けてしまう。紅葉とコン太のあいだに割り込みたくてむずむずしていた狐は、遠くから聞こえてきた足音にふっと顔を上げた。

「出てくる」

「もう寝る時間よ。早く帰ってきなさい」

一声かけると一声返ってくる。いつものことなのに、いつも驚いてしまう。

廊下に出た狐は立ち止まってふすまを凝視した。紅葉はなんの疑いもなく狐がこの部屋に戻ってくると信じている。そして狐も、自分が戻るべき場所はここだと思っている。

それはとても奇妙で危険な感覚だった。

こんな状況に慣れるべきではない。慣れてしまえば里に帰ったとき孤独に耐えられなくなる。息をひそめるように生きる日々を思い出し、狐は思わず溜息をついていた。

大股で廊下を渡り、窓を開け、沓脱石《くつぬぎいし》の上に置かれた下駄《げた》を引っかけてひょいと庭に出た。冷たい風が頬《ほお》を撫で、木々をざわめかせる。青白い月の光に照らし出された庭園は湖の底に沈んでいるかのように独特の暗さと静謐《せいひつ》さをたたえていた。

ふぁさりと飛び出した耳をぴくぴくさせ、しっぽをゆるく揺らし目を細める。数歩歩き、地面を蹴った。月光に赤く葉を染めた木に降り立つと、木全体が炎のように揺らめいた。

風が気持ちいい。立ち上がるとよりいっそう視界が広くなった。

「……なにをしている……？」

視力は人間とは比べものにならないほどいい。耳もずっとよく聞こえ、嗅覚《きゅうかく》も優れている。そんな彼が目をこらし、全神経を研ぎ澄《す》ませて音を拾う。

「……ええ、よろしくお願いします。報酬はのちほど。……いえ、その点はお構いなく。万事うまくやってみせますので」

聞こえてきたのはゆったりとした男の声。笑いさえ含むその声色が今日ほど不愉快に感じたことはない。じっと闇《やみ》を睨《にら》んでいると足音が近づいてきた。目をこらさなくてもわかる。彼の口元が楽しげにゆるんでいることに。まるで新しいオモチャを見つけた子どものように、屈託ない表情だ。足取りが軽い。雲の上を歩くように飛び石を渡ってくる。

ざっと風が渡り、もみじが踊るように彼の前に落ちた。

伏し目がちにもみじを見つめた男は、月光で長く引き伸ばされた影をたどるようにして顔を上げた。珍しく眼鏡をはずしているせいか、一瞬、別人のように見えた。

「……狐？　どうしたんですか、こんなところで」

「月に誘われて」

まぶしげに目を細める男にそう告げる。無邪気な笑みを引っ込めた彼は、胸ポケットから取り出した眼鏡をかけ、いつも浮かべるきれいなだけの能面のような笑みを作った。

「風流なことを言うんですね」

「……司はなにをしていた？　屋敷の裏で電話をしなければならない理由が？」

狐の問いに、男――司一は驚いたように目を見開く。

「なにを言っているんですか？　僕は友人と話をしていただけですよ」

声に動揺はない。硬くなることも、うわずることもない。それを見て狐は確信を得た。

この男は嘘つきだ。それも、とんでもない大嘘つきだ。おそらくは、自分の感情ですら無意識に誤魔化してしまえるほどの、根っからの——あるいは天性の、大嘘つきだ。

警戒する狐を見て司は不思議がっている。たった今嘘をついた男が、警戒される理由も十分に把握《はあく》している男が、理解できないという顔をする。

紅葉もたいがい壊れているが、司もやはりどこかがおかしいのだ。

「……狐はいつ里へ戻るんですか？」

唐突な質問に、高慢に微笑む紅葉の姿が思い浮かんだ。

わがままで自由奔放《ほんぽう》、養父を貶《おとし》めようと画策し、悪びれもなく周りを巻き込む無茶苦茶な娘。彼女ならきっと、狐がそばにいなくともそれなりにうまく立ち回るだろう。孤立無援を気にすることもなく、木津音寛人の要求もそつなく躱《かわ》すに違いない。

だが。

真夜中に、寝室から出ていった彼女が、ひどく落ち込んで帰ってきたことがあった。平気そうな顔をしたくせに、まるで小さな子どものように、ぎゅっと抱きついてきた。

あれは人の子だ。

強くて脆《もろ》くてさみしがり屋な——。

「里に戻っても役目を果たしていないのだから追い出されるだけだ。そうなれば、行く当てのない私はここに戻って来ざるを得ない」

狐は不機嫌顔をつくってもっともらしく言葉を続ける。

「第一私は、紅葉や木津音寛人から出て行けと言われていない」

そう返していったん口を閉じ、真正面から司を睨んで改めて口を開いた。

「お前はなぜ言わない?」

「なにがですか?」

「紅葉は身ごもらない。そういうことはしていないのだから」

明言する狐に司は驚く様子もない。当然だろう。司も重々承知しているのだから。しかし、そのこと自体は問題ではない。

狐は言葉を続けた。

「それを報告するのもお前の役割ではないのか?」

木津音寛人に一番大切なことを伝えないのはなぜなのか。廊下で交わされた紅葉と寛人の会話が自然と耳に入ってしまっていた狐は、疑問をそのまま司にぶつけた。意図して伝えていないなら背信行為だ。それなのに、司の表情は微塵も動かなかった。

「そうですね。生徒会会長に立候補した理由や、登下校のことや生徒会室でたまにお菓子を召し上がっていることだとか、――紅葉様が寛人様を憎んでいることも」

ふっと司が口角を引き上げた。ぞくりと狐の背筋が冷えた。一度も見たことがないほど凍《い》てついた笑みを、司一が狐に向けている。

「なにもお伝えしていません。それが、なにか?」

「……お前は一体、どちら側の人間だ？　木津音寛人の言いつけを守る忠実な番犬か、それとも、紅葉を守る優秀な兵隊か」

「どうとでもお考えください」

司は答えにもならない言葉を短く返すにとどめた。

紅葉はこれほど間近に敵とも味方ともしれない者を置いている。そうせざるを得ない環境に生きている。奔放に振る舞いながら、小さな体で目一杯強がっている。

「――覚えておくといい」

狐はささやき、真っ向から司を睨んだ。

この男は紅葉の〝味方〟ではない。少なくとも今は、味方と考えるには危険すぎる。ならば牽制《けんせい》くらいはしておくべきだろう。

「私はとても耳がいい」

「……肝に銘《めい》じておきます」

司の顔が少し引きしまる。狐が楓《かえで》の木からひらりと下りると、大きく枝が揺れ、赤い葉が空を焦がすように震えた。

軽やかに着地して改めて司を見ると、彼の顔にはすでに〝いつも通り〟の笑みがあった。感情の読めない顔だ。

はじめて会ったときから奇妙な感じがしていたが、今はその違和感がよりいっそう強くなった気がする。

狐は飛び石を渡るように屋敷に向かう。

立ち止まって振り返ると司はまだそこにいて、夜目の利かない目でじっと狐のほうを見ていた。

本当に得体が知れない男だ。木津音寛人は主張が一貫して実にわかりやすく、車屋徳太郎も紅葉が対処できるレベルで突っかかってきているにすぎない。狐の目から見ればどちらもそれほど深刻ではなかった。

だが、司一は彼らとは違うにおいがする。表層はこれほど穏やかなのに、物腰も言葉遣いも柔らかいのに、そばにいると神経を逆撫でしてくる。

狐は下駄を脱ぎ、廊下に上がる。その場を離れてようやく小さく息をついた。

「なんなんだ、一体」

紅葉に伝えたほうがいいだろうか。悶々《もんもん》としながら部屋に戻った狐は、開きかけた口をぴたりと閉じた。二枚並んで敷かれた布団の上で、紅葉がコン太を抱きかかえるようにして丸くなって眠っていたのだ。なにか甘いものを食べる夢でも見ているのか、ふにゅふにゅと口元が動いている。それを見ていたら、緊迫感が吹き飛んでしまった。

「呑気《のんき》なやつだな」

否、呑気を装っているだけだ。強くあろうとしているだけだ。

だが、弱いばかりとも違う。

これほど奇妙で扱いづらい存在ははじめてだ。神狐である狐を敬うどころか顎で使い、最適な寝床作りのためブラッシングにいそしみ、ことあるごとに皮を剝《は》ごうとする。つがいになるため訪れた狐が、なぜか身の危険を感じることがあるなど、よくよく考えると恐ろしい状況だ。

そもそも、たかが小娘一人にいいように振り回されている気がする。

急にうなり出した紅葉を見ていると、丸くなる彼女が体に力を入れた。寒いのかもしれない。人間は弱い。体力もないし、腕力や脚力もたいしてない。病気にだって弱いに違いない。

「紅葉」

名を呼ぶと、ふっと彼女が顔を上げた。夢の中にいるのか、強い光を宿す眼差しはとても柔らかく、どこか甘さを含んでいた。

「狐、早かったわね」

耳をくすぐる声はかすれ、問いとともに細い指が伸びてくる。指先が頬に触れ、狐はどきりとして体を引いた。けれど紅葉の指はさらに伸び、狐の髪に触れる。反射的に耳を伏せた。と、次の瞬間、紅葉の手が離れていった。

ほっとするような、心残りなような、複雑な心境で口をへの字に曲げると、

「もみじ。……きれいね。私、本当は紅葉《こうよう》がきれいな季節に生まれる予定だったのよ。でも私はせっかちで、少し早くに生まれてしまったの」

くるくると紅葉の指先でもみじが揺れる。

「未熟児で弱々しくて、でも、お父さんたちに一生懸命手を伸ばしてて、その手が真っ赤なもみじみたいに小さくて――」

紅葉。確かに愛されて生まれてきたはずの子どもは、今は家族と離ればなれで、大きなお屋敷に独りぼっちで暮らしている。高価なものを与えられ、贅《ぜい》を尽くした食べ物を差し出され、けれど本当にほしいものだけはけっして与えられることなく。

狐は口をへの字に曲げたまま、大きな手で紅葉の頭をわしわしと撫でた。

――別に、同情したわけではない。思い通りにいかないことなんて、世の中には山のように存在する。第一、彼女は恵まれている。家族と一緒に暮らせなくとも、友人に恵まれなくとも、こうして何不自由なく生活していけるのだ。生きていくことすらままならない者だっている世の中で、これを不幸と呼ぶには甘えすぎている。

それでも。

「紅葉」

一人、必死で立とうとする彼女に、共感のようなものを覚えていた。

再び丸くなって眠る紅葉に視線を落とし、狐は複雑な笑みを浮かべる。敵ばかりの彼女の生活で、ともにあるひとときくらい味方でいてやろう。そんなことを思っていると。

ぱちりと目を開けた紅葉が、上半身を起こしてぽすぽすと布団を叩き出した。

「ん」

ここで獣の姿に戻れと催促しているのだ。そして、自分の寝床になれと。

「ん！」

連打が激しくなる。神狐を寝床代わりに使うのは彼女ぐらいのものだろう。どうしてこんなことになってしまったのかと今さらながらに困惑し、狐はコン太を膝にのせたまま寝ぼけ眼《まなこ》で寝床を催促する紅葉を見た。寛人対策で同じ部屋で眠っているのだ。布団を敷くのは司の仕事で、片づけるのも彼の仕事だ。詳細を木津音寛人に伝える気がないのなら、こんな小細工は必要ないのではないか。それに、わざわざ獣の姿にならなくても人の姿でも抱き合うことはできるわけで――そう思った狐は、急に落ち着かない気分になって咳《せき》払いする。

「んん！」

焦《じ》れた紅葉が強く布団を叩く音に、狐ははっとわれに返った。

「わ、わかった。そう叩くな」

狐は大仰に言い放って帯を引く。全裸をさらすといろんなものが飛んでくるので、その前にコン太を取り込み獣の姿に転じた。すると紅葉は布団を叩くのをやめ、満足げにうなずくと狐の首に抱きついてきた。

狐の鼓動《こどう》が急に乱れたのは、びっくりしてしまったせいに違いない。

「気持ちいい」

紅葉の声が、甘く狐の耳をくすぐった。

反射的にしっぽがぶわっと膨らんだ。体中の筋肉がこわばる。固まっているとすぐに寝息が聞こえだし、狐はがっくりと首を垂れた。複雑な顔で紅葉を見おろした狐は、肺をからっぽにする勢いで息を吐き出した。ゆっくりと布団の上に横たわり、小さなうなり声とともに身じろぐ紅葉の体を包み込む。

しばらくはつきあってやろう。

少しだけ。ここにいるあいだだけ。

めまぐるしく物珍しい世界と不思議な食べ物、そして、この不可解で目の離せない娘に。

第五章　たのしい遠足のすすめ

1

『秋の遠足まであと四日よ！』

紅葉《くれは》がそう宣言してから学校は急に慌ただしくなった。遠足の事前説明会は放課後におこなわれた。部活もあるので説明会は十五分ほどと短かったが、なんだかやけに気合いの入った冊子型のしおりまで配布されていた。

『プレミアム・プレオープン、通称〝プレプレ〟の開園時間は九時半だから、九時十五分に現地駐車場に集合よ。間違っても学校に来ないように。遅刻者にはチケットを配布しません。時間厳守よ。徹底しなさい！』

ステージは紅葉の独壇場《どくだんじょう》だった。

ええっと抗議の声があがるが、紅葉は気にする様子もなく言葉を続けた。

『すでに知っている人もいると思うけれど、このチケットを持っていれば、当日はアトラクション乗り放題、どこの店舗でなにを食べても無料よ。遠慮することはないわ。店という店の料理を食い尽くしなさい』

ステージ上の紅葉は、「髪の毛が蛇《へび》だったら完璧だったのに」と思えるほど凶暴な笑みで命令する。すると運動部の男子が咆哮《ほうこう》をあげた。女子も手を叩いて喜んでいる。

『そしてプレプレチケットにはもれなく年間パスもついてくる。こちらは売ろうが使おうがみんなの自由よ。秋の遠足以降、好きに使うといいわ』

型破りの発言に再び体育館がどよめいた。騒ぎを聞きつけ、あとからあとから生徒が押し寄せてくる。体育館の出入り口では、しおりを受け取る生徒でごった返していた。

「会長！　会長、最高ー!!」

「よ、日本一！」

『あら、失礼ね。私は世界一よ』

どっと起こった笑い声に体育館の空気が揺れた。生徒会総選挙以前、木津音《きづね》紅葉は有名人ではあったが嫌われ者だった。チビのくせに態度がでかく、我を通すし他人を顎《あご》で指図して当然と思っているふしがあったためである。金ですべてを解決させようとするところも反感を買う原因になっていたのだろう。

それが、会長になった彼女の恩恵にあずかる事態となり、皆の態度がコロッと変わった。

「か、金の力、怖っ」

それを迷いもせず使ってしまうのが木津音紅葉という少女である。徳太郎《とくたろう》がどん引きしていると、するすると狐《きつね》が寄ってきた。

「なんだよお前、あいつのところにいなくていいのかよ？」

司《つかさ》は紅葉が呼んだときにのみ教室に現れていたが、狐は同じクラスとあって、四六時中一緒にいる。なにを考えているのか、更衣室やトイレにまでくっついていこうとして大騒ぎになったこともあるほどだ。だからといって、結花《ゆいか》の取り巻きのように紅葉を信奉《しんぽう》しているわけでも、彼女の友人というわけでもない。木津音本家の使用人の息子という話だが、いまだひらがなと足し算を勉強している謎の男である。

狐が口を開く前に、彼の腕の中でコン太《た》がうなった。女子にはしっぽをふるくせに、男子は――とくに、撫《な》でようともしない人間には、遠慮なく牙を向ける現金な子狐だ。

「ステージには上がるな、と言われた」

「断られたのかよ、だっせー」

笑っていると、コン太が牙を剥《む》いた。徳太郎は溜息《ためいき》とともにステージを見た。

「……もういじめないのか？」

「はあ？」

「紅葉が期待している」

「どんだけマゾだよ。……うちはしがない職人なんだよ。なんかやらかしてまた仕事がなくなったら、うちの会社なんて——」

「紅葉様はそういったことはされませんよ。十分に検討されたうえでの依頼ですから」

突然割り込んできたのは司一《はじめ》である。「げっ」と声が出て、ついでに顔まで歪《ゆが》めてしまった。なんとなく徳太郎は彼が苦手なのだ。周りには「紅葉に振り回される不幸な下僕」と同情する者もいるが、徳太郎は素直にそう思えなかった。

もっとも、司が紅葉に呼びつけられる原因の大半を徳太郎が作っているので、同情するのもおかしな話ではあるのだが。

学校には目立つ人間が何人かいる。すでに引退したが、前生徒会役員たちや、言動が目立つ生徒、運動神経のいいやつ、頭のいいやつ、読者《読》モデル《モ》として雑誌に載ったことのある美男美女、理事長の娘であり現生徒会役員でもある木津音姉妹、そして。

転校初日から目立ちに目立った帰国子女の多田野《ただの》狐。運動もできて成績も優秀、おまけに理事長からの信頼も厚く娘の目付役に抜擢《ばってき》されたという司一。

最悪なことに、徳太郎の周りに目立つ男が二人も集まってしまった。秋の遠足が気になって、しおりだけでももらっておこうかと体育館にやってきたのが間違いだった。

「あいつの気まぐれで、契約が白紙になることだってあるだろ」

徳太郎が司にぼそぼそと返すと、彼は目をぱちくりさせた。それがわざとらしく思えてよけいに苛々《いらいら》してしまう。

「やろうと思えばやれますが、やりませんよ。公約ですし、描いてもらった仮置きの図面をコピーして持ち歩くほど紅葉様は気に入っていて、他に依頼するつもりはないようですから。それに、鞍替《くら》えするつもりが少しでもあるなら、前金なんて払いません」

司の言葉にバカみたいな金額の前金を思い出し、徳太郎は小さく息をついた。休みを返上し、汗水垂らして働く父親をずっと見てきた。納期が遅れて何度も謝りに行ったり、仕事のキャンセルが続いて真っ青になっていたこともあった。それなのに紅葉は、たった一言ですべてを動かしてしまう。

「金持ちはいいなあ。ああいう金がポンと出せるんだから。なんだよ、ポケットマネーって。木津音家はあんなに小遣いくれるのかよ」

たっぷりと嫌味を含んで言ってやると「違います」と、別の場所から否定の声が聞こえてきた。ぎょっとして振り返ると木津音結花が立っている。「なぜここに」と徳太郎は反射的に肩をすぼめた。三竦《さんすく》みだ。ステージに向けられていた視線のいくつかが徳太郎たちにも向けられ、挙動不審を絵に描いたようにきょろきょろと辺りを見回してしまった。

「一般家庭のお小遣いより多いですが、私のお小遣いは紅葉ほど破格ではありません」

司がいたのを見つけてやってきたということを知らない徳太郎は、結花が自分の失言を責めるためにわざわざ足を運んだように思えて居たたまれなくなった。

発言を取り消してさっさと逃げようとしたら、

「紅葉様と結花様の口座に振り込まれる金額は同じですよ」

と、司が訂正を入れた。家族と同じ家に住んでいるのにお小遣いを振り込む時点でまずおかしいのだが、どうやらそう思っているのはこの中では徳太郎だけらしい。狐は意味がわからないというように首をひねり、結花は「同じなんですか？」と、金額のことで驚いている。

「でも、選挙期間中のばらまきや公約の工事費、秋の遠足のチケット購入と、ざっと見積もっても九桁《けた》になります。そんな金額、私の口座には……」

「九桁……!?」

体育館とプールの建て替え工事なのだから、相当な金額になることはわかっていた。実際に会社名義の通帳に振り込まれていた金額は、目を疑うほどだった。

しかしまさか、それほどの額を紅葉が動かしているなど考えてもいなかった。

「紅葉様は、一時期投資に凝《こ》っていらしたんです」

「投資？」

またしても予想外の司の言葉に、徳太郎と結花が同時に同じ問いを口にした。

「お金を使うあてもなくただ貯《た》めておくのもつまらないので、少し転がしてみようと思ったようです。でも負けるのがいやなので、投資信託という形を取っていまして」

「……投資信託も損をすることがあると思うんですが」

「個人投資よりプロに依頼したほうが安全と判断されたようです。しかし、しばらくするとそれに飽きてしまって株を買いはじめたんです」

「投資って未成年でもできるの？」

思わず徳太郎が口を挟んだ。投資なんて、金持ちか小金のある年よりがやるものという考えしかなかったのだ。

「店頭に行ってお金を積んだらしいですよ」

さすが金持ち、やることがおかしい。徳太郎は妙なところで納得した。

「紅葉様は基本的に分散投資なんです。だから失敗してもそれほど影響はないのですが、発展途上国のエネルギー関連の投資は派手に読み誤ったみたいですね。別の株で補塡《ほてん》してなんとか事なきを得たんです。その一件でちょっと懲《こ》りたみたいで」

「ちょっとってレベルかよ」

とっさに突っ込む徳太郎に司は軽く笑った。

「それで、有名な投資家をあの手この手で口説き落とし、今はその方に管理を任せているようです。投資は世界情勢の把握《はあく》はもちろんですが、経験と決断力も必要になります。さきを見通す力や勝負強さは、今の紅葉様では世界に太刀《たち》打ちできませんから」

なぜだか話が世界規模になってしまった。紅葉が湯水のごとく使っている金——その元本は〝お小遣い〟だが、増やしたのは彼女の意思であるらしい。

「なんか無茶苦茶だな」

徳太郎はうめいた。以前から暴走型の徳太郎につきあうような変わったやつだったが、木津音本家に引き取られてからは明らかに磨きがかかっていた。

そんな彼女は今、マイク片手にステージの上で、細い腰に手をあて微笑《ほほえ》んでいた。

『お家《うち》に帰るまでが遠足よ。心してかかりなさい』

――本当に、変わったやつだ。

雄叫《おたけ》びをあげて拳《こぶし》を突き上げる男子と、感嘆の悲鳴をあげて飛び跳ねる女子を眺めながら、徳太郎は渋面《じゅうめん》になった。

しかし彼はこのとき、まだ気づいていなかった。

木津音紅葉が秋の遠足でなにを企《たくら》んでいるのかを。

そこで起こるトラブルにも。

2

十一月一日、アミューズメントパーク『K《ケー》キングダム』のプレミアム・プレオープン当日。

その日は見事な秋晴れだった。

連日のようにCMを打ち、駅構内はもちろん新聞各紙にも広告を載せ、雑誌では巻頭カラーで特集記事を組ませ、有名なタレントをイメージキャラクターに起用した。プレミアム・プレオープン当日は特別感を演出しつつ宣伝力を考慮して、あえて大手報道機関のみを呼ぶという徹底ぶりだ。

木津音寛人《ひろと》の晴れ舞台だ。

プレミアム・プレオープンを成功させたあと、三日後にはプレオープンが控えている。そしてさらにその三日後にグランドオープンという運びだ。情報は小出しに。ただし出し惜しみはしない。いかに注目を集めるか、いかに人々の噂《うわさ》にのぼるか——ネットでの反応は逐一チェックするように命じ、口コミ効果も最大限に利用する。

ここ数日は寝る暇もないほど忙しかった。だが、この事業が成功すれば、ようやく枕を高くして眠れる。屋敷にも以前のように頻繁《ひんぱん》に帰ることができるだろう。以降は、テーマパークを新事業として世界に進出、ゆくゆくは市場を席巻《せっけん》するのだ。青写真はどこまでも展望明るく、無限の可能性に満ち満ちていた。

けれども。

「……な、なんだい、これは……？」

寛人は唖然《あぜん》とした。プレミアム・プレオープンのチケット三千枚は発売開始二分で完売。

各種メディアがこぞって書き立てた輝かしい記録に手応《てごた》えを感じていた。失敗してはならないというプレッシャーは、いつしか、失敗するはずがないという自信になっていた。

一番はじめにゲートをくぐる客に祝辞を述べようと待ち構えていた寛人は、入場ゲートの向こうを埋めるセーラー服と学ランに言葉をなくしていた。学生と報道陣、そして野次馬の三種類でごった返している。

「社長、社長！」

九時半、ゲートが開く時刻となっても硬直したまま動かない寛人に、秘書の弓坂《ゆみざか》が小声で呼びかけてきた。はっとわれに返って両手を広げ、にこやかに前に出る。

しかし。

「え、あれ？　は……え、えええええええ!?」

先頭は、子狐を抱きかかえた神狐《しんこ》だった。動揺のあまり寛人の声は裏返る。両手を広げたまま固まってしまったせいで、鼻息荒く押し寄せる生徒たちであっという間に神狐の姿は見えなくなった。十分に指導したスタッフは、予想外に偏《かたよ》った客層に目を白黒させながらもなんとか笑顔を見せていた。

「社長、プレミアム・プレオープンおめでとうございます！　一言お願いします！」

「学生ばかりですね。招待客ですか？」

「社長、写真お願いします！　ずばりKキングダムの目玉は？」

「意気込みを一言！」

報道陣から声が飛ぶ。フラッシュが繰り返し視界を白く焼き、ＩＣレコーダーが差し出される。押し寄せる生徒たちをフィルムに収めようとシャッターを切り続けるカメラマンがいる。さっそく園内のレポートをはじめるのは、売り出し中の若手タレントだ。

「社長、おかしいです」

なんとか受け答えしていると秘書が耳打ちしてきた。視線だけで問うと、弓坂はこくりと唾《つば》を飲み込んでから言葉を続けた。

「チケットは完売しているのに、来場者は木津音高等学校の生徒しかいないみたいです」

「……それは、どういう……」

必死で記憶を掘り起こす。木津音高等学校の全校生徒は六〇〇人強。教師や非常勤をあわせても六五〇人程度である。対し、売られたチケットは三千枚——残り二三五〇枚は、一体どこに行ったというのだろう。

「他に、チケットを持っている一般客は」

「一人もいません。今の時点でいないとなると、これは……」

言葉を濁《にご》す秘書を見て視界がぐらりと揺れた。

異常事態が起こっていた。前代未聞の珍事だった。

社運をかけたといっても過言ではない一大プロジェクト——その屋台骨が、大きくゆらいでいた。

「あらあら、愉快ね」

生徒たちにまぎれながら、紅葉はくすくすと笑った。視線のさきにはアミューズメントパーク『Kキングダム』の立案者であり責任者でもある木津音寛人、その人がいた。

報道陣に囲まれて笑顔を浮かべているが、口元が引きつっていた。視線が不自然に泳ぎ、額《ひたい》に浮いた汗をハンカチで幾度もぬぐう。懸命に平静を装おうとしているが挙動不審だ。

「びっくりしたでしょ？　どうなってるかわからないでしょ？　大々的に宣伝してお気に入りのマスコミを呼んでこの惨状——さあ、どんな言い訳ができるかしら？」

「問題なのか？」

笑い続ける紅葉に怯《おび》えながらも狐が尋ねてくる。当然とばかりに紅葉はうなずき、ゆっくりと歩き出した。

「問題よ。だって、公式発表ではチケットが二分で完売よ。それなのに、やってきた客は七百人にも満たないのよ。数字を水増ししたなんてケチをつけられたら、あっという間に大炎上よ。今後の運営にもケチがつくわ。最近のネットは怖いのよ」

《お前よりも怖いのか⁉》

「――もちろんよ。コン太なんて、骨までおいしく食べられちゃうんだから」

《ひいっ》

恐る恐る尋ねてきたコン太は、紅葉の返答にぺたんと耳を伏せた。そして、鼻っ面《つら》を紅葉の脇腹に押しつけてぶるぶると震えた。毛玉のようになってしまったコン太は、本当に綿毛のような触り心地だった。

「お前はいじめたほうがかわいいのね」

「恐ろしいことをさらりと言うな」

さっと狐がコン太を奪っていった。チッと舌打ちしていると人込みをかき分けるように司がやってきた。

「申し訳ありません、はぐれました」

「いいのよ。せっかくの遠足なのだから、司も自由に遊んでいらっしゃい」

「そういうわけにはいきません。紅葉様、ご希望は？　なにか乗りたいアトラクションはありますか？　人数が少ないので、移動に時間はかかりますがどれもさほど待たされずに乗れると思います」

園内マップの載ったパンフレットを差し出しながら司が尋ねてくる。はぐれたと言いながら、ちゃっかりこういうものを確保して戻ってくるのはさすがだと思う。

紅葉は歩きながらマップを見る。

「行くならジェットコースター系ね」

「知りませんでした。紅葉様は絶叫系がお好きなんですか？」

「不備があるとしたらこういう派手なアトラクションだと思わない？」

「事故前提で乗るのはやめてください」

そう言われても、目的が園内の粗探しなのだ。少しでも納得いかないところがあればカメラ撮影、録音、調書用に手帳とペンまで持ってきている。

「さあ、ガンガン攻めていくわよ！」

弱っているところをたたみかけ、息の根を止める。それこそが狙いの紅葉は、意気揚々《ようよう》と歩き出す。途中、接客チェックのためにジュースを買った。

「マンゴージュースとメロンソーダですね。少々お待ちください」

にっこり微笑む店員に紅葉は渋面になる。無料でもさすがにこの手の接客には問題がない。

「これが噂のメロンソーダか。この緑のシュワシュワが……!!」

《なんという緑！　これが飲み物だとはっ！》

狐とコン太が受け取ったジュースに感動して震えている。すぐに一人と一匹で試飲がはじまった。

「……苦手なものをしつこく手に取る心理は永遠の謎ね」

一舐《な》めして大騒ぎする狐コンビに紅葉が眉をひそめていると、司が微妙な顔を向けてきた。「なによ」と訊《き》いても「なんでもありません」と返ってくる。マンゴージュースはとろりと濃厚で美味だった。生徒たちは乗り物や露店の食べ物に夢中で、報道関係者はさまざまなアトラクションを取材しては生徒たちにインタビューする。やはりどこにもトラブルは起こっていないらしい。

「そして、ここが！」

紅葉は手帳を開いた。

「最高速度一一〇キロ、高度七七メートルからの急降下、最大傾斜角七七度を誇る当園の自慢のジェットコースター、スーパーブルー!!」

「よくお調べで」

「敵を知るのは当然のことよっ！」

想定よりはるかに入場者が少ないとはいえ、目玉とあってさすがに待ち時間があった。しかしそれも微々たるもの――ジェットコースターが動くたびに聞こえてくる悲鳴にドキドキしながら待つこと十五分。いよいよ紅葉たちの番がきた。

「申し訳ありません。狐の搭乗はご遠慮願います」

コン太はあっさりと却下され、「きゅーきゅー」と鳴きながら見送る役になった。ジェットコースターに乗っていたのは三分少々である。その間、記憶が完全に飛んでいた。

「………なにがあったのかしら、今」

動き出したところまでは覚えているのに、それ以降の記憶がない。「きゅーんきゅーん」と切なそうなコン太の鳴き声を聞き、レバーが持ち上がると同時に立ち上がると、後ろで狐が伸びていた。

《あるじさまあああああ》

「狐！　狐、聞こえますか⁉　狐！　あ、紅葉様も気がつかれましたか？　ジェットコースターが苦手なら乗らないでください！」

「はじめて乗ったから、苦手かどうかなんてわからないわ」

子どものころは身長制限で引っかかって乗れなかったのだ。木津音本家に引き取られてからは、娯楽から遠のいていて行く機会もなかった。

「そうだったんですか。そういえば紅葉様は一四九センチでしたね」

「一五〇センチよ！」

ここ一年で一センチくらい伸びているはずだ。ぷりぷり怒りながらジェットコースターから降り、司と二人で狐を引きずり下ろす。なんとか意識を取り戻した彼とともに階段を下りると、ぴこんと耳が飛び出していた。

「おもしろいなっ！」

「走り出して即意識を失っていたじゃないですか！」

「次はあのぐるぐる回るやつに乗るか！」

「また気絶する気ですか⁉　さきに耳をしまってください！」

しっぽまで出しそうなほど興奮する狐を、司が青くなってたしなめる。紅葉はふむふむとメモを取った。

「娯楽性あり、安全性もあり、と。スーパーブルーは崩れそうにないわね。次に行くわよ」

「紅葉様まで⁉」

「当たり前じゃない。粗探しなのだからガンガン乗るわよ！」

次に乗ったのはスパイラルループと独特の浮遊感が恐ろしいジェットコースター、エア・フライ。やっぱりコン太は乗れず、紅葉と狐は途中で気絶していたが、最高に盛り上がった。

「胃がひっくり返るような浮遊感が危険ね！　次に行くわよ！」

らくだのこぶのような急上昇と急降下が繰り返されるジェットコースター、ザ・サファリは走り出したとたんいやな汗が噴き出すほどだった。やっぱり気絶してしまっていたのだが、手帳には「中毒性あり！　超危険‼」の文字が付け足された。

「知らなかったわ。アミューズメントパークってなんて危険なのかしら」

「紅葉！　次！　次はあれに乗るぞ‼」

最速時にはほぼ水平の状態で回転するという空中ブランコも、これが意外と恐ろしい。

気絶こそしなかったが、意識があるぶんだけ恐怖も倍増した。ラーメンカップと呼ばれるティーカップのラーメン版は、ハンドルがチャーシューになっていて、面白がって狐が回しまくったせいでやっぱり意識が飛んだ。

「制御できないなら回さないでください！」

異様な高速回転をするラーメンカップから紅葉と狐が放り出されないよう押さえつけていた司は、降りたあとは汗だくだった。

「乗り物は手堅すぎたわ。次は動植物園に行きましょう」

楽しんでしまった。正気に戻った紅葉は猛省し、園の奥にある緑豊かな一角に向かった。

「なんとうまそうなウサギであることか」

《あるじさま、一羽くらい食べてもばれないです》

狐とコン太はふれあい動物園に夢中だった。

「それは備品！　備品は食用じゃないの！」

「まるまると肥え太った備品だな」

《けしからん備品です》

「一羽でも減ってたらお前たちを剝《は》いで鞣《なめ》すわよ」

紅葉が睨《にら》むとあっさりと静かになった。出入り口で手を消毒してふれあい動物園に入ると、健康状態がよく、毛並みのいいおとなしいウサギがそろっていた。こちらも問題はなさそうだ。次に向かったのは植物園である。扉をくぐるとガラス張りの巨大な温室が出迎える。亜熱帯植物を中心に、色鮮やかな鳥たちが優雅に羽を休めるさまは南国さながらだ。水辺にリクガメなどの爬虫類《はちゅうるい》がいるのも目を楽しませてくれる。男子が多いと思ったら、結花とその取り巻きたちだった。選挙以降、取り巻きの数は他クラスも含めて五倍ほどに膨れあがっていた。

「結花様、お飲み物は？」

「結花様、足は疲れていませんか？　どこかでお休みになりますか？」

「それともお食事に？」

「あの、僕の考えたおすすめのコースですが……」

誰もが結花の気を引こうと必死である。

「大名行列ね」

近寄ったら巻き込まれそうだ。昼にさしかかっていたので、紅葉たちはそこから一番近い石窯《いしがま》で焼く本格ピザが売りの店へ向かった。どうやら生徒たちは普段ならけっして食べられないであろう高級レストランに集中しているようで、店内はがらんとしていた。

「ペット同伴でもいいかしら？」

そう尋ねたら、店内ではなくオープンカフェをすすめられた。幸いにしてあたたかかったので、注文をすませ景色を眺めながら料理が運ばれるのをのんびりと待った。

「……それにしても、どこかに欠点はないのかしら」

「寛人様はずいぶん力を入れていたので、そんなに簡単には見つからないと思いますよ」

紅葉のつぶやきに司はあっさりと答える。立案自体は十年ほど前という話だから、準備期間も十分にあったのだろう。トラブルが発生すれば命にかかわるような施設もある。安全面でも繰り返し検討されたに違いない。

「それでも、私は見つけなければならないのよ」

料理が運ばれてくる。紅葉も狐もピザの種類には疎《うと》いので、注文はすべて司のチョイスだ。丸テーブルに置かれたのはバジルの緑とトマトの赤の対比も美しいマルゲリータ、海の幸がたっぷりのったペスカトーレ、いかにも食欲をそそる鮮やかさのディアボラと数種類のパスタである。黄色と赤と緑。見慣れない紅葉にとっては、目がちかちかする色合いだった。

「ごゆっくり」

店員は丁寧《ていねい》に一礼して離れていった。紅葉がコン太用に紙皿にピザを取り分けていると、物珍しげにピザを口に運んだ狐は、耳としっぽを飛び出させて驚いていた。

「美味だ……」

本気で感動しているらしい。

《あるじさま！　この！　上にのった黄色いものが、と、と、とろふにでございます！》

チーズが気に入ったらしく、コン太もふはふはと興奮しながら食べている。紅葉も遅れて食べてみる。薄くぱりぱりの生地は軽く、濃厚なチーズとよく合った。適度な酸味のトマトも、新鮮さをこれでもかと主張する海の幸も、頰《ほお》が落ちるかと思うほどおいしかった。

「なんてこと。満点だわ」

非の打ち所がない。思わず手帳に店名とともに二重丸を描いた。狐の旺盛《おうせい》な食欲を満たすためにさらに数皿頼み、パスタも追加注文を入れる。プレプレチケットがあるとはいえ、これが全部無料というのはたいへんに魅力的だった。取材に来ているスタッフなのだろう。腕章をした団体が店内に入ってきて、しきりと感心している。

「な、なんとかして欠点を見つけないと！」

紅葉は焦った。

粗探しのはずがどんどん横道に逸れ、すっかり『Kキングダム』を楽しんでいる自分がいる。閉園は十七時半、残りあと四時間と少し。

「次はあの速いやつに乗るぞ！」

「ジェットコースターはやめてください！　乗るたびに気絶しているじゃないですか！　それから耳としっぽをしまってください！」

ピンと耳を立て、豊かなしっぽをふって興奮気味に先頭を行く狐に司が悲鳴をあげる。一方のコン太も、そわそわと辺りを見回し大興奮だ。

《あるじさま！　あちらからいいにおいがします！》

「コン太も勝手に歩き回らない！　亀甲《きっこう》縛りで持ち歩きますよ⁉」

　司がキッとコン太を睨む。奔放《ほんぽう》な狐たちに振り回されてだいぶ苛ついているらしい。しかし放り出そうとせず、性分なのかあれこれと世話を焼いている。

「お、会長だ！」

「本当だ、会長だ！　秋の遠足、ありがとなー。ここめっちゃ楽しい」

「俺、チケット転売しようと思ったけどやめたわ」

「売る気だったのかよ⁉　ひでーやつだな！」

「だから売らないって！」

　わらわら歩いていた男子の集団が紅葉に手をふった。紅葉はびっくりして「そう」とだけ返した。説明会で手応えは感じていたが、こうして感謝の言葉を聞けるとは思っていなかったのだ。次に声をかけてきたのは女子の集団である。

「会長！　会長！　お菓子工房行きました⁉　行ってないなら行ってください！　超かわいいクッキーもらえるんですよ！　自分でデコっちゃえるんですよー‼」

「ペーパーランドもすごかったです。見てください！　私専用のノート！　表紙や中の紙とか、綴《と》じ方まで選べちゃうんです！　私だけのノート！」

　カバンから取り出したピンクラメが飛び散る派手なノートをかかげて小躍《こおど》りする女子。

「水の館もよかったよねー。ロマンチック。今度彼氏と来たい」

「彼氏とならゴーストタウンじゃない？」

「なんであんたはいっつもお化け屋敷系なの！　っていうか、あそこめっちゃ怖かったし！」

女子がアイス片手にきゃっきゃと騒ぐ。さらに別の男子が通りかかった。

「会長！　秋の遠足計画したの会長っすか！　チョイス完璧っす！」

「俺もう食えない……」

「ジェットコースター乗ろうぜ！　スーパーブルー!!」

「いや無理、吐く」

「乗ろうぜ！」

「無理だからー!!　ちょ、ホントマジでやばいから！」

「じゃーな、会長！」

ぎゃあぎゃあ叫ぶ男子は、両腕をホールドして連行されていった。歩くたびに「会長」と声をかけられる。ぺこりと会釈《えしゃく》をしたり手をふったりするだけの者も多いが、誰もが秋の遠足を満喫しているのが伝わってくる。

不思議だった。

眺めることしかできなかった人たちと直接言葉を交わしている。理事長の娘としてではなく、ステージ上の会長でもなく、戸惑いながら歩いている一生徒にすぎない紅葉を見つけ、声をかけてくれている。

笑顔を向け、認めてくれる。

「――どうかしたのか？」

耳としっぽをしまい次に乗るものを選んでいた狐が、立ち止まった紅葉に声をかけてきた。紅葉ははっとわれに返ってそっぽを向いた。

「べ、別に。生徒に話しかけられたって、う、嬉《うれ》しくなんてないわよっ」

目的とは違うところで受け入れられ、動揺に声がうわずってしまった。赤くなって口を引き結んでいると、大きな手が伸びてきてわしわしと紅葉の頭を撫でた。

「よかったな」

「よ、よくないわよ！　粗が見つからないのよ！　すごく困っているんだから！」

耳まで真っ赤にして抗議するのに、狐はまったくひるむ様子もなく紅葉の頭を撫でるのだ。手を払い、ぷりぷりと怒りながら大股で歩く。

狐がどこか遠くを見るような眼差《まなざ》しをすることに気づき、紅葉は首をかしげた。

「どうしたの？」

「……いや、なんでもない」

狐は首を横にふり、再び園内マップを開いた。次のアトラクションを決めた狐に、お守り役と化した司の肩ががっくりと落ちていた。

3

「次はどのジェットコースターにする？」

「もう全部乗っただろ⁉」

「いいじゃん、もう一周！　この待ち時間で乗れるのなんて今日くらいだから！」

「お前一人でいってこい！」

「ええー」

友人たちは朝からずっとテンションが高い。はじめはことあるごとに「日曜日《休日》を潰してまで秋の遠足なんて行きたくない」「金持ちの道楽につきあわされるなんて」と文句を言ってボイコットするとまで宣言していたのに、いざ当日になると呆《あき》れることに全員が参加していた。配られたプレプレチケットに興奮し、開園するなりゲートになだれ込み、全速力で走って目的のジェットコースターに到着。あとはもう、休む間もなく歩き回っていた。

この状況を作り出したのは金の力だ。

けれどその金を作り出したのは木津音紅葉本人だ。

つまりこれは、紅葉の力だ。

経営が苦しくて支払いもままならず、あと一回不渡りを起こせば営業停止になっていた工場——徳太郎の父が経営する会社も、そんな彼女の力で助けられた。だから彼女は恩人だ。家族が路頭に迷うことなく、一家離散なんてことにもならず、今朝だってあったかいごはんと味噌汁《みそしる》を食べることができた。

全部全部、紅葉のおかげだ。

そう思うと、徳太郎の中のもやもやはいっそう大きくなるのだ。

「恩人だけど気に入らねえええええ‼」

「うお、車屋《くるまや》が壊れた！」

「木津音妹が絡むと本当ダメだよなあ、車屋は」

「まあさきに裏切ったのは木津音妹だからな。九年つったら人生の半分以上じゃん。そんだけの時間費やしてたら、そりゃもう、お金もらってハイ解決ってわけにはいかねーだろ」

内情を知る友人が「けけっ」と笑う。

「けど、九年も嫌がらせ続けてたんだろ。チャラでいいんじゃね？」

「だからそういう問題じゃないんだって」

なにもかもを白紙に戻すには遅すぎる。かといって紅葉のすべてを否定することもできない。幼なじみで友人で、一番気の合う相手で、そして——。

「車屋はピッチャーになりたかったんだよ」

小さく続いた友人の声に、徳太郎は反射的に自分の右腕を摑《つか》んだ。紅葉を庇《かば》って大怪我《けが》を負った腕は、幸い手術でもとに戻った。けれど日常に支障がないという程度で、スポーツとなるととたんにハンディへと変わった。ピッチャーなんてもってのほかだった。

「……関係ねーよ」

摑んでいた手を放し、徳太郎は吐き捨てた。そのとき、タイミング悪く紅葉の姿が視界に飛び込んできた。生徒たちに声をかけられ、びっくりしたように固まっている。孤立無援が常だったから、そうやって声をかけられるのに慣れていないのだ。表情が険しい。怒っているようにも見えるその顔に、しかし、機嫌のいい生徒たちは気づきもせずに離れていく。狐が寄ってきてアトラクションを指さすと、司が首を横にふる。コン太は近くの露店の前で陣取って、大きく膨らませたしっぽを激しく左右にふっている。ふと紅葉の口元がほころんだ。挑発ではない笑みは珍しい。思わず凝視した彼は、前触れなく感じた違和感に辺りを見回した。

「………？」

なにかがひどく引っかかる。それなのに、その正体がわからない。

「おーい、次は空中庭園行こうぜ！　空中庭園！　バンジーできるって！」

「げっ。俺、高いところだめ」

「車屋、どうした？　さき行くぞー？」

空中庭園。園内を一望できる展望デッキとバンジージャンプが一つになった場所だ。バンジーの真下が噴水のある池になり景色がいいのだが、水面に近い場所までゴムが伸びるらしく絶叫スポットとして注目されている——そんなふうに雑誌に書いてあった。

少し心が揺れた。

しかしそれ以上に、違和感の正体が知りたかった。

「悪い。俺ちょっと単独行動。なんかあったら電話くれ」

「ふーん。じゃあまたあとでな」

「おう」

あっさりと別れ、きょろきょろと辺りを見回す。腕が使えないなら足を使えばいい。そんな考えで陸上部のスプリンターになった徳太郎だが、こつこつと地道に練習を積み重ねるのではなく、本来は勘と本能で動くタイプだった。

「なんだ……？」

生徒たちは『Kキングダム』を満喫し、引率である教師も生徒たちに気を配りつつのんびりと秋の遠足を楽しんでいる。ときどき取材陣に取り囲まれてインタビューを受けていたりもするが、園内にこれといってトラブルはない。

「気のせい？」

うーんとうなって首の後ろを掻《か》く。

「次はあれ！　ぐいんって曲がるやつに乗るぞ！」

「狐、それはさっき乗ったでしょ。次はあっちよ。宙づりになって落ちていくやつ」

「もうお好きに乗ってください。僕は疲れました……」

盛り上がる狐と紅葉とは逆に、お守りに疲れたらしく司はぐったりとベンチに腰かけた。ケモ耳をピコピコさせた狐はジェットコースター、ヘル・アゲインに、手帳とペンを構えた紅葉はスクリューマウンテンにスキップで向かう。コン太は露店の前を反復横跳び中である。

「なにあのカオス」

目付役も大変だなあと噴き出した徳太郎は、直後に大きく溜息をついた。

「九年か」

当時の怒りと焦燥《しょうそう》はすでにない。紅葉に対する強硬な態度は、なかば義務のように徳太郎の行動に制限をつける。それを仕方がないと黙認する友人もいれば、なぜそこまで意固地になるのだと不思議がる友人もいる。

自分は一体どうしたいのだろう。

堂々巡りになる問いを放棄し、友人を追いかけようと踵《きびす》を返す。数歩歩き、足を止める。

「……やっぱなんか違うんだよなー」

ううんとうなって視線を戻した。彼はそのとき、気づいてしまった。学生でも、学校関係者でも、報道関係者でもスタッフでもない存在に。学ランを着ているが顔つきがおっさんでどう見ても浮いている。とはいえ、興奮した生徒たちは彼らの存在など気にもとめないので、比較的自然に溶け込んでいるのだ。集まっているのは五人。他にもまだいるかもしれない。周りに誰もいないのにぼそぼそと耳打ちする姿に思わず首をひねった。

男たちが移動する。

「留年したお兄さま方、とか。いやいやいやいやいや、あれ絶対違うよな」

身長は一七〇センチを超えているが、飛び抜けて長身の者はいない。その代わり体格はがっちりとし、胸板や二の腕は格闘家かくやという太さである。

男たちがちらちらと視線を交わし、腕時計で時刻を確認する。指を二本立てて無言で合図を送るさまは、ドラマか映画のワンシーンのようだった。

「……撮影とか」

とっさに辺りを見回す。今日は報道カメラの数が多い。そのカメラの一台が彼らの動きを追っているのではないかと目をこらす。しかし、それらしい人間は近くにいなかった。スタッフに相談しようかとも思ったが、不審者っぷりなら紅葉たちのほうが格段に上だ。

「捕まるなら紅葉のほうがさきだよなあ。どうすっかなー……って、あれ、あいつらどこ行った⁉」

悶々《もんもん》としているあいだに男たちが消え、徳太郎は焦ってうろうろと辺りを見回した。そう遠くには行っていないはずだ。しかしアトラクションや店、それに加えて緑が多く、しかも学生ばかりが歩き回っているのでなかなか見つけられない。

捜すのをあきらめたとき、スクリューマウンテンから悲鳴が聞こえた。猛スピードで通過するジェットコースターにちらりと視線を向けた徳太郎は、偶然先刻の不審な男たちを見つけた。中央になぜか紅葉がいて、建物の裏に連れていかれるところだった。

「って、なにやってるんだよ⁉」

筋骨隆々《きんこつりゆうりゆう》な男たちと、そんな男たちに囲まれる〝見た目だけは可憐《かれん》な〟少女——誰がどう見てもヤバい状況だ。小さな体が男たちにもみくちゃにされるのを見たら、カッと頭に血が上った。

足には自信がある。全力で走った徳太郎は、その勢いのまま建物の裏側に飛び込んだ。

視界が一瞬、深い緑に包まれる。

建物の裏側に生い茂る緑に邪魔され、徳太郎は紅葉たちの姿を見失った。木々をかき分け奥に進むと、紅葉は白い小型の配送車に連れ込まれる直前だった。

「なにしてるんだよ⁉」

叫んで手前の男に体当たりする。よろめいたところで足を払い、即座に距離を取る。がたいのわりには強くはないのかもしれない。徳太郎はさっと身構えた。

「なんだ、このガキ⁉」

「構うな！　さっさと車に乗せろ！」

怒鳴る声は、ジェットコースターの駆動音と悲鳴でかき消される。木々に囲まれ、建物の死角になり、おまけに近くには軽やかなメロディを奏でるスピーカーまである。

「徳太、逃げなさい！」

男がナイフを取り出すのを見て紅葉が叫んだ。徳太郎が近づかないようナイフで威嚇《いかく》するところを見ると、紅葉一人を狙った犯行らしい。荷台に押し込まれる紅葉を見て、徳太郎はぐっと拳を握った。

目の前には今まさに連れ去られようとする少女がいる。相手が武器を持っていようとも、逃げろと言われようとも、

「ここで引き下がったら男じゃねえだろ！」

叫んでまっすぐ突っ込む。学ラン姿の不審者がとっさに手近にあった棒を摑むのを見て、徳太郎は素早く横に飛んだ。ぎょっと身を引く別の男の足を再び払い、一歩踏み出す。その直後、どっと背中に鈍い音が響いた。息が詰まり、体が芝生の上に転がる。

「とく、た……ん、んんー!!」

腹を蹴られて体を丸めたとき、紅葉の姿が車の荷台に消えた。起き上がらなければ、助けなければと思うのに、激しく咳《せ》き込んで体がうまく動かない。

男の一人が運転席に乗り込むのが見えた。

「ま……て……っ!!」

「ったく、手間かけさせるんじゃねーよ。引き上げるぞ」

皆がいっせいに車に乗り込むのを見て徳太郎がうめきながら手を伸ばす。走り出す車を見て体を起こすが、息苦しさにまともに歩くこともできなかった。二、三歩進んだあと咳き込み、鈍い痛みにぐっと息を詰め、再び足を踏み出す。

「だ、誰か、その車……!!」

かすれる声で叫んでも、アトラクションに夢中な人々の耳には届かない。車が園を出れば、追うのはますます困難になるだろう。

「紅葉!」

なぜかそのとき思い出したのは、腕に怪我を負ったときのことだった。あの事件を機に、二人の関係はぎくしゃくするようになった。もしもちゃんと助けられていたら――怪我なんて負わなかったら、こんなことになっていなかったのではないか。

こんな関係になんて。

「紅葉!」

叫んだ徳太郎の目の前に、羽毛が舞うような軽やかさでなにかが降り立った。

「いかん、いかん。楽しくて忘れていた。遊園地は魔境だ」

視線を上げると広い背中が見えた。その上、ふさふさのしっぽまである。長い髪が風になびき、白と黒の大きなケモ耳が音を聞き分けようとでもいうようにぴくぴくと揺れる。

「……多田野……？」

早く人を呼ぶように伝えなければ、そう思って口を開いた徳太郎は、狐が右手を大きく広げるのを見てとっさに口をつぐんでいた。

「コン太」

《はい、あるじさま！》

嬉しそうにコン太が駆けてきて、くるんと空中で一回転した——そう見えた。それなのに、コン太の姿は消え、狐の手には反《そ》りもゆるやかな日本刀が握られていた。規則正しく並ぶ刃紋《はもん》が美しい。切っ先が光を弾《はじ》き、舞うように揺れる。

「紅葉はどこだ？」

狐の耳がぴくぴくと揺れる。作り物に見えるのに、体の一部のように馴染《なじ》んでいる。

「徳太郎、紅葉はどこだ？」

繰り返される問いにぴりぴりと空気が肌を刺す。冷静なように見えるが、かなり焦っているのかもしれない。険しい横顔にそう思いながら走り去る配送車を指さすと、狐の瞳の色が深くなり、瞳孔《どうこう》が縦に裂けた。

と、次の瞬間、狐が目の前から消えた。

「!?」

どこに――そう思っていたら、逃走する車を追うように、はるかかなたを走っていた。徳太郎は有望なスプリンターである。同級生はもちろんのこと、教師や先輩も認める実力の持ち主で、全国大会でも好成績を残していた。そんな彼ですら目を疑うほどのスピードで、狐は車に追いつくなりひょいと跳んで刀を乱暴に振った。

「ひい⁉」

見ていた徳太郎の口から変な声が出た。日本刀は弾丸さえ斬れると聞いたことがあるが、どうやら車も斬れるようだ。刀の一振りで配送車の背面がぽっかりと切り取られ、狐は軽やかに荷台に消えた。

走行中の配送車が激しく揺れる。サイドパネルに凹凸《おうとつ》ができ、日本刀の刃先が幾度も突き抜ける。タイヤが浮くほどの衝撃に配送車がいったん停車すると、手足を縛られた紅葉を抱きかかえた狐がひょこりと顔を出した。

「多田野、後ろ！」

荷台から飛び降りようとする狐の背後に、顔を腫《は》らした男が立つ。徳太郎が身を乗り出して叫ぶと、右足を軸《じく》にして体を反転させた狐が誘拐犯の顔面を軽やかに蹴り飛ばした。さらに脇から襲ってきた男にも蹴りを入れ、配送車が再び走り出すのも構わずに、紅葉をかかえたまま重力を感じさせない身軽さでひょいと荷台から降りた。

いくら紅葉が小柄でも、抱きかかえたまま走行中の車から飛び降りるなんて無謀だ。しかし狐は徳太郎の常識を打ち破り、ふんわりと着地した。一拍遅れて荷台から飛び出したコン太もその隣にすとんと腰を下ろす。

荷台から顔を出した男たちが狐を睨む。

無言で見つめ返した狐が口角を引き上げる――その刹那《せつな》、遠目で様子を見ていた徳太郎ですら、ぞっと背筋が冷えた。

底光りする狐の瞳に殺意のようなものが見え隠れする。

まるで、野生の獣を目の前にするかのような――。

紅葉を抱きかかえたまま狐が再び右手を開くと、なにか察したらしく男たちはぎょっとしたように荷台に引っ込み、車が猛スピードで走り出した。

狐はつまらないと言わんばかりに息をつき、とんっとアスファルトを蹴った。

再び狐の姿が視界から消える。

啞然とする徳太郎のもとに狐が戻ってきたときには耳としっぽが消えていた。変わった男だと思っていたが、どうやら思っていた以上におかしな存在らしい。混乱していると、

「下ろしなさい！　徳太、怪我は⁉　どこが痛いの⁉　今、救急車を……っ‼」

狐の腕の中でもがいていた紅葉が泣きそうな顔で問いかけてきた。誘拐されそうになっていたのは紅葉のほうだ。怖かったのも不安だったのも彼女のほうなのに――。

「不意打ちで攻撃食らって呼吸困難だっただけ。ちょっと油断した」

助けに入ってなにもできなかったのが情けなく、徳太郎は不機嫌顔でそう返した。

徳太郎が弱かったというより相手が相当場慣れしていたのだろう。そうでなければ確実に肋骨《ろっこつ》が何本かいっていいたはずだ。手加減されたおかげで大きな怪我はない。

「あー、カッコ悪《わり》い。喧嘩《けんか》は強かったんだけどなあ」

「そんなの小学生のときでしょ！　また大怪我したらどうするのよ！」

紅葉が顔を真っ赤にして怒っている。ようやく狐の腕から解放されると、徳太郎の体に手を伸ばした。

「え、おい！　触るなって！　怪我してないって！」

「じっとしてなさい！　本当に痛いところはないの⁉」

「ないって言ってるだろ！」

腕や肩ならまだしも、腹部や太股《ふともも》まで触られて徳太郎は狼狽《うろた》えた。心臓が早鐘を打つ。自分でも顔が紅潮しているのがわかる。だが、必死な彼女が幼いころの姿と重なってうまく抵抗もできなかった。

ふわりと鼻腔《びこう》をくすぐる懐かしい香りに、徳太郎は口をへの字にしてそっぽを向く。

「お前のほうがずっとやばかっただろ。あれ誘拐じゃねーか」

納得したのかへなへなと座り込む紅葉に、徳太郎はぶっきらぼうに言い放つ。

「いいのよ。プレミアム・プレオープンに主催者の娘が誘拐だなんて、いい話題作りになるでしょう？」

紅葉はすぐにそう返した。尊大に、さも当然と言わんばかりに――けれどその声はわずかに震え、彼女の心情を伝えてくる。怖いのに言い出せないのだ。意外なことに狐はそのことに気づいているようで、大きな手でわしわしと紅葉の頭を撫でている。

「お前！　強いなら強いとはじめから言いなさい！」

助けてくれた相手の手を払い、紅葉は激高した。

「人間なぞ百人束になっても雑魚《ざこ》は雑魚だ」

「コン太もよ！」

「コン太は、もとは妖刀《ようとう》の類《たぐい》だからな」

毛繕《けづくろ》いをはじめるコン太を見て狐が肩をすくめる。そういえばコン太がしゃべったような、それ以前に消えたような、いやいや日本刀に化けたようなとぐるぐる混乱していると、なぜか狐に睨まれた。

「な、なんだよ」

「別に。……紅葉の手は特別だろう？」

「はあ？」

「なんでもない」

――一体全体なにが言いたいのか、「あれは私の手なのに」と、ぶつぶつ文句を言って

いる。困惑しつつ、

「まあよかったじゃねえか」

と、徳太郎は心情をそのまま言葉にした。

「よかった？」

「誘拐事件なんてあったら理事長が真っ青になるだろ？」

「――なればよかったのよ。自分の娘を狐に嫁がせるような外道《げどう》なんて」

「は？　狐って？　狐⁉」

狐と聞いて徳太郎は慌て、すぐにはっとわれに返った。

「あ、狐な、狐。多田野のことか。びっくりしたー」

「……なにを考えていたの？」

「狐って普通、ごんぎつねだろ。どんなマニアック趣味……って、ちょ、待て。お前、多田野と結婚してるのか⁉」

ぎょっとする徳太郎を見つめ、紅葉が思案げに目を細める。ふっと息を吐き出し――。

「〝獣婚《じゅうこん》〟は、やっぱり衝撃的よね？」

ひどく不吉な笑みを浮かべた。背筋がゾクゾクするような笑い方だ。

「お、おい？」

「――少し、いいことを思いついたわ。そうね。狐と婚姻なんて、普通は驚くわよね。ええ、私もとても驚いたもの。その狐が特別な狐だと知って、もっと驚いたわ」

紅葉の顔から表情が消えていく。全身から滲《にじ》み出るのは怒りなのか、悲しみなのか。抑《よく》揚《よう》なく語る彼女に徳太郎が思わず身じろいだ。

「ど……どうしたんだよ？」

「だけど普通、そういうことはあまり信用しないものよね。よほど確かな証拠がなければ戯《ざ》れ言《ごと》だと思ってしまう。だったら、揺るぎないものを見せてやればいいのよ」

「紅葉？」

「言い訳なんてできない状況に追い込んでやるわ。切り札は、私が握っているんですもの」

ふいにくつくつと笑い出す紅葉を見て、なにかヤバいスイッチを押してしまったのではないかと徳太郎が顔を引きつらせる。結婚のことには触れないでおこう、そう思って両手で口をふさいでいたら、救世主のように息を乱しつつ司が姿を現した。

「狐！　なんなんですか、急に走り出して！」

運動神経はいいと聞いているが、さすがに狐に追いつけるほどの脚力はなかったようだ。よかったここにも一般人がいて、と、徳太郎が胸を撫で下ろす。普段はいやなやつだが、今日だけは妙な親近感を覚えてしまう。

「お目付役のくせに駆けつけるのが遅いぞ、お前は」

「無茶言わないでください。あなたのようには走れません。それより、一体なにが……」

「少し不審者に絡まれただけよ。それより徳太を病院に。私を庇って怪我をしたの」

紅葉の言葉にどきりとした。そういえばさっきから、「車屋くん」ではなく昔のように「徳太」と呼んでいる。本人は混乱して気づかないようではあるけれど——。

「だ、だから、大丈夫だって言ってるだろ。んなことより、通報がさきだ」

「……通報？　警察を呼ぶの？　Kキングダムは閉鎖《へいさ》になるの？」

父親の事業だからさすがに心配なのだろう。紅葉が思案顔になる。肉体派のいじめっ子である徳太郎は心理戦には慣れていない。だからとっさに、

「木津音家ならそこらへんはうまく誤魔化すって。心配すんな」

と、フォローしてしまった。

「がっかりだわ」

「なんでそこでがっかり？」

心底残念そうに言われて徳太郎は当惑する。

「通報はやめておくわ。私にメリットがないもの」

「なんだよ、メリットって。お前は事件の当事者だろ」

「——私にはまだやることがあるの。足止めされたら困るわ」

どこか思い詰めたような横顔に、徳太郎はどきりとする。彼女の変化に気づいたのか狐がそろりと近づくと、彼女は無言のまま彼の腕をぎゅっと摑んだ。

結婚なんて信じられない。

けれどなぜか、この二人のあいだにはなにかがあるような予感がした。

4

日が傾くと気温がぐっと低くなった。

つるべ落としのたとえ通り、幻想的な夕闇《ゆうやみ》は瞬《またた》く間に星屑《ほしくず》の海に取って代わった。園内は次々とライトアップされ、昼間とはまた違った雰囲気になる。しっとりと大人の空気に彩られるのだ。しかし、今園内にいるのは多くが遊びたい盛りの高校生である。彼らはムーディーな空気を蹴散らし、乗り納めだと言わんばかりに駆け回っていた。

「……真っ黒」

紅葉は改めて手帳を見てうめいた。

書き込むことは多々あれど、どれもがおすすめポイントだった。楽しくて、二度三度と乗ったアトラクションもある。生徒たちには感謝された。ちょっとだけ話せた徳太郎には、「お前なんかヤバいこと考えてるんじゃねえのか？」と、疑念の目を向けられつつ逃げられた。結花もきっと取り巻きとアミューズメントパークを満喫しているに違いない。

秋の遠足はおおむね成功と言ってもいいだろう。

「無事に終わりそうだな」

苦手な炭酸飲料をちびちび舐めながらつぶやくのは狐である。

「結局、あれから不審者は現れませんでしたね」

攫《さら》われかけて以降、心配だからと律儀にアトラクションにつきあってくれた司はへとへとだ。言葉に覇気《はき》がない。

《あるじさま！　このトリカラというのは、はふはふ、大変に、はふはふ、けしからん食べ物でありますな！》

唐揚げにふさふさのしっぽをふりながら抗議するコン太は、実に幸せそうだった。

残り、あと十五分。

園内放送が終了時間を告げる。カメラマンが走り回って園内を写真に収めている。カメラの前でおどけるアナウンサーの姿も見える。スタッフがアトラクションの最終運行時間を告げながら生徒を呼び込み、遊び疲れた一部の生徒たちがゲートに向かう。

「紅葉様」

司に名を呼ばれ、紅葉はわれに返る。

「……大丈夫よ」

木津音寛人の仕事は完璧だった。どこにも不備がなく、不満もなかった。それでも、きっともっとよく探せば一カ所くらい見つかるだろう。ただ紅葉にはそれを見つけるだけの観察力はなく、時間もなかった。

自分はなんの力も持たないごく普通の少女なのだと突きつけられた気がした。

それでも。

「……最終手段ね」

あの男にいいように消費されるだけの人間に成り下がるのだけはいやだった。

せめて一矢を報いてやりたい。

「紅葉、どうして震えている？」

狐の声にきつく唇を噛《か》んだ紅葉は、細く長く息を吐き出し気丈を装って顔を上げた。

「はじめて学校へ来たときのことを覚えている？」

「大騒動になった」

黒く大きな獣――その姿だけで人々はパニックを起こした。もしその獣がただの獣でなかったら、人々はどんな反応をするのだろう。

私欲のためだけに、その獣に娘を差し出そうとする父親がいたとしたら――。

「狐、手伝ってほしいことがあるのだけれど」

まだ少し声が震えていたのかもしれない。

狐は怪訝《けげん》そうな顔をしながらも紅葉を見つめ返した。

閉園直前、生徒と学校関係者、そしてマスコミの人間がゲート前に集まっていた。

プレミアム・プレオープンが滞りなく終わったことを祝し、木津音寛人から一言あると聞いたからだ。待たされればとたんに騒ぎ出す生徒たちが興奮状態のままおとなしく待っているのは、『Kキングダム』を十分に堪能したがゆえだろう。

急遽《きゆうきよ》用意された特設の舞台に立ち、寛人はにこやかに一礼した。

『お集まりの紳士、ならびに淑女の皆様、プレミアム・プレオープンをお楽しみいただけたでしょうか？』

生徒のあいだから歓声と拍手が巻き起こる。熱狂する子どもたちに向け幾度もフラッシュが焚《た》かれる。

『難しい話はなしにしましょう。このアミューズメントパーク「Kキングダム」は夢と冒険の国です。誰もが童心に返り、誰もが心から楽しめる。僕が目指してきたものがここにあります。しかし、プレミアム・プレオープンが大盛況のうちに終わったのは、皆様が楽しんでくれたからこそです。今日の主役はここに来たすべての人々です』

胸を開くように両手を大きく広げる。

『どうぞ拍手を！』

割れんばかりの拍手と歓声――冷たい秋風を吹き飛ばすほどの熱気が辺りを包む。文句なく〝大成功〟だ。明日の紙面はプレミアム・プレオープンの話題で持ちきりだろう。テレビＣＭも今以上に流れ、噂は瞬く間にネットに広がる。

展望は明るい。木津音寛人の評価も上がるに違いない。

だが、それだけで終わらせたりしない。

大きく息をついた紅葉はちらりと隣を見る。黒く艶《つや》やかな獣が、大きなしっぽをゆったりと左右にふりながら光に満たされた舞台を眺めていた。鼓動《こどう》が少しずつ速くなる。躊躇《ためら》いに一歩を踏み出すことができなくて、紅葉は何度目かの深呼吸をする。

ぐっと顎を引き、足を踏み出す。

暗く光のあたらない場所から、スポットライトの中央へ。

「おい、なんだあれ……？」

紅葉が漆黒《しっこく》の獣をしたがえて特設舞台に上がると、興奮気味に拍手していた者たちがいっせいに戸惑いの表情を浮かべた。

「狐？　でも、大きすぎないか？」

「あれって、前に学校に迷い込んだやつじゃない？」

押し寄せる声に紅葉はゆるりと微笑んだ。舞台上で、なにが起こっているのか理解できないと言いたげに、マイクを手に立ち尽くした寛人が紅葉と狐を交互に見る。

紅葉は寛人からマイクを奪い、集まった面々の前で深々と頭を下げた。

『木津音寛人の養女、紅葉と申します。七歳で木津音家に引き取られました』

「く、紅葉……？」

寛人はどう対応していいのかわからないと言いたげに紅葉を見ている。

『木津音本家の巫女《みこ》には天眼《てんがん》が授かり、それは一族繁栄におおいに貢献しました。そしてその力が弱まると、補塡のために狐と娘をつがいにさせ、生まれた子を再び巫女にする』

さっと寛人の顔から血の気が引いた。わなわなと唇を震わせ、それでも取り乱さないように「なにを言ってるんだい？」と尋ねてくるところはさすがだ。

『この男は、養女と獣を結婚させた鬼畜《きちく》よ』

紅葉がまっすぐ寛人を指さすと、人々のあいだにざわめきが起こる。

生徒たちの一部は好奇心に目を輝かせていたが、その大半は戸惑い顔だ。反対に報道関係者は興味津々《しんしん》といった様子でICレコーダーを紅葉に向けている。フラッシュの中に仲間同士で耳打ちする姿が見える。

アミューズメントパーク開設で寛人の注目度は上がっている。当然、彼の身辺もいろいろと調べられているだろう。海外の有名人ならまだしも、国内で養女がいる有名人というのはそれほど多くない。疑問に思った人間だっているはずだ。

疑問は好奇心を刺激し、真相を暴こうとマスコミが動けば寛人の醜聞《しゅうぶん》は一気に広がる。

アミューズメントパークの成功より大衆の興味を引くネタだから、皆こぞって彼の醜聞を書き立てるに違いない。

そのとき、次代の巫女を生み出すための価値しかない少女はどう書かれるだろう――それを考えたら、胸の奥がずきずきとした。自分という存在がどんどんみすぼらしくなっていく。愛されていないことなんてとっくに知っているのに、それでも傷ついてしまう自分の弱い心がたまらなくいやだった。

「なにを言ってるんだ、紅葉。すみません、皆さん。娘は少し変わったところがあるんです。今日はちょっと興奮しているらしくて……紅葉、紅葉、お客様に迷惑だろう。さあ、舞台から下りなさい。いい子だから……」

手を伸ばす寛人を見て紅葉は口角を引き上げた。

ざまあみろ、そう思う。これでお前は終わりだ。会社は新しい首を探し、彼は頂上から谷底に、一気に転落するのだ。

這《は》い上がるチャンスなんて与えるものか。地の底まで引きずり込んでやる。

紅葉が凍《い》てついた瞳で狐を撫でる。

　最後の仕上げは実に簡単だ。狐を人の姿に転化させる、これだけだ。だが、誰の目にもそれは異常事態として映るだろう。

そして詮索がはじまるのだ。獣のことはもちろん、紅葉や寛人、木津音コンツェルンそのものにまで注目が集まって、混乱を大きくしていくに違いない。

興味のなかった人間もすべて巻き込んでやる。

「——すまないわね、お前までこんな茶番につきあわせてしまって。でも、これで最後だから」

紅葉は狐に呼びかける。不思議と深い眼差しを紅葉に向けた狐は、すっと目を伏せた。状況を察したのか寛人は首をゆっくりと横にふる。よせ、と、瞳が訴えてくる。

じりじりと近づいてくる寛人に紅葉は凶悪に微笑んだ。

これが今、自分にできる最大の攻撃だ。

紅葉は深く息を吸い込む。

「狐、人の姿に戻りなさい」

狐にだけ聞こえるようにささやいた——その刹那。

世界が暗転した。

「なに……？」

辺りを見回すと園内だけが暗い。園の外は明るいから、園の中にだけなんらかのトラブルが発生したようだ。

「どういうこと……きゃ!?　ちょっと、狐……!?」

ぐんっと足を押されてよろめいた紅葉は、マイクを取り落として前のめりになった。狐は倒れ込んだ彼女を背中にのせると軽やかに舞台を蹴った。唐突に訪れた闇に会場は混乱し、誰一人として舞台上の異変に気づかない。抗議しようと口を開いた紅葉は、狐の背中からずり落ちそうになって悲鳴をあげ、豊かな毛を摑んだ。

「どうして逃げたのよ⁉　毟《むし》るわよ⁉」

狐が紅葉を下ろしたのは、広い駐車場のさらに端だった。

『皆様、トラブルが発生したようです。申し訳ありません。点検のため、本日はこれにて閉園いたします。プレオープンまでには原因を明らかにし、当日は万全を期したいと思います。本日のお越し、心より御礼申し上げます。お気をつけてお帰りください』

園内に光が戻り、遠く寛人の声がたたみかけるように聞こえた。

《終わったな》

狐は淡々《たんたん》とつぶやく。

そうだ、これですべて終わった。狐を人の姿に戻して人目にさらすという総仕上げは失敗したが、最大級の爆弾発言は投下した。報道陣は多く、生徒や学校関係者、スタッフだって多い。明日は荒れるだろう。

今まで積み上げてきた寛人の努力が水泡に帰したのだ。これほど胸がすくことはない。自虐《じぎゃく》的な喜びに、引きつった笑いが込み上げてきた。

5

翌朝、目覚めるなり紅葉は司に新聞を持ってこさせた。

一面は知らないおじさんたちが握手を交わす写真だった。別の新聞を取ると季節はずれの桜が咲いたという平和な話題だった。さらに別の新聞は長寿のゾウの誕生日ケーキがどうのと書いてあった。持ち込まれた新聞のどれにもアミューズメントパーク『Kキングダム』の話題に触れていない。三面を確認すると『大盛況！　プレプレ開催！』と、写真とともに記事があった。だが、紅葉の爆弾発言はない。全部の新聞を確認したが、チケットの販売枚数と入場者数があわないことに触れる記事はあっても、紅葉の発言は一言たりとも載っていなかった。

「……どういうこと……？」

考えられるのは一つ。寛人がマスコミに圧力をかけた可能性だ。昨日、寛人は屋敷に帰ってきていない。火消しに駆け回っていたに違いない。

「司、テレビは？　なにか報道されてた？」

「園内の説明や見所なら」

「……ネットは？」

「ちょっと待ってください」

司は携帯電話を取り出して操作する。しばらくして「ああ」と声をあげた。

「これですか？」

ひったくるように携帯電話を奪った紅葉は、その画面を凝視した。

スレッド名は『狐と結婚した女子高生を愛《め》でるスレ』とストレートだ。そして中身は
「巫女さんキタコレ」「アニメ化待ったなし」「萌《も》ｗえｗるｗ」と、おおよそお花畑状態だった。

「不毛の地になるくらい毟るわよ」

まさしく不毛なことに、紅葉は怒りのあまり携帯電話に話しかけていた。

「学校に行くわよ！」

紅葉は勢いよく立ち上がる。

寛人が圧力をかけられるのはマスコミのみ——学校ならば、噂は瞬く間に広がるだろう。どれほど寛人に打撃を与えられるかは未知数だが、無傷というわけにはいかないはずだ。

紅葉は勇《いさ》んで登校した。


しかし、である。

登校した紅葉はすぐに異常事態に気づいた。生徒たちが紅葉を見る目がいつも通り――否《いな》、はるかに友好的だったのである。

「会長、おはようございます。多田野くんとコン太くんもおはよう！」

「会長、私、応援してますから！」

と、謎のエールを送ってくる生徒までいる。

「どういうこと……？」

本日二度目の台詞《せりふ》を口にして紅葉は愕然《がくぜん》とする。

もっとこう、毛虫を見るような目を向けられることを覚悟していたのに。

紅葉の結婚相手は獣だ。一般常識から考えて禁忌《きんき》で、高校生には刺激が強い。もちろん、高校生でなくとも不快感を覚える人間は多いだろう。それを計算に入れ、紅葉は獣姿の狐を人々にさらしたのだ。

寛人を貶《おとし》めることは必然的に紅葉をも貶めることになる。それだけの覚悟をしたはずなのに。

「昨日の秋の遠足よかったねー。来年もないかな」

「無理だって。でも本当、楽しかったよね。あ、会長だ！　おはようございます！」

きゃっきゃと話し合う女子が、立ち尽くす紅葉を見て手をふった。

「紅葉様、教室へ」

司にうながされ、紅葉はよろよろと歩き出した。

理事長室のドアをノックすると「どうぞ」と声が聞こえてきた。

理事長が理事長室にいることのほうが稀《まれ》なため、妙な緊張を覚えてしまうのは致し方ない。

「失礼します」

理事長室は、備品から調度品に至るまで一級品でそろえてある。その中に、一つだけ異物が混じり込んでいる。その異物が微笑んでいた。

「司、昨日はご苦労だったね」

声をかけられ、彼——司一は「いいえ」と首を横にふった。

「当然のことをしたまでです」

司が簡潔に答えると木津音寛人は微笑みを深め、机に肘《ひじ》をついて指を組んだ。寝不足なのだろう。肌は血色が悪いどころか土気色で、目の下にくっきりと隈《くま》が浮いている。シャツもスーツも昨日のままだ。ネクタイもだらしなくゆるんでいた。

「しかしまさか、紅葉があんなことをしでかすとは思わなかったよ。次代の巫女を産むのは誉《ほま》れだ。これからさき、木津音の家を支配する特別な存在だというのに、それを理解してもらえないなんて……僕は悲しいよ」

本気でそう考えているのだろう。寛人の様子に司はそっと目を伏せる。

「紅葉様はまだ幼いですから」

「そうだね。司が園の電源を落とすよう指示しなければ、取り返しのつかないことになるところだった。さすが、僕が選んだお目付役だ」

「いいえ。事前に対処できなかったのは僕の落ち度です」

「他にトラブルはなかったかい？」

「昨日の昼過ぎ、紅葉様が何者かに襲われました。お忙しそうだったので報告が遅れて申し訳ありません」

寛人の顔色が変わる。

「——相手は？」

「わかりません。学生服を着た男五人組でしたが、在校生に該当する者はいませんでした。使用した車も盗難車のようでした。神狐が助けてくれなかったらどうなっていたことか」

司の言葉に寛人は難しい顔になる。

「神狐様が……しかし、もう一人くらい護衛がほしいな。彼はなんて言ったかな。昔、紅葉と仲がよくて、紅葉を庇って腕に怪我をした……」

「車屋徳太郎ですか？　同じクラスに在籍していますが、犬猿《けんえん》の仲です」

「そうか、残念だな。ああいう〝盾〟が一つあると僕も助かるんだが」

紅葉を庇った徳太郎が大怪我を負ったとき、寛人は「よくやった」と徳太郎を褒めた。少年の夢が潰《つい》えたことなど気にも留めず、そして、それを聞いた紅葉が愕然としていることにも気づかずに、木津音の娘なのだから守られて当然だと言い放った。

――あのとき紅葉が抱いた不安は真実だった。

徳太郎が近くにいれば〝木津音のお嬢様〟を守るためいずれ利用される。もしも断ったら、寛人は小さな町工場に容赦なく圧力をかけていただろう。護衛に失敗したときも同様に、徳太郎の家は崩壊に追い込まれたに違いない。

ならば、近寄らないほうがいい。かかわらせてはならない。

一番大切な友だちだから、彼女は彼を守るために嫌われ役に徹した。それどころか彼女は、誰も自分に近づけさせないように、けっして利用されないように、すでに目付役として選ばれてしまった司だけを供にした。

結花も同じ〝木津音のお嬢様〟だが、御印《みしるし》があるぶん、紅葉の立場は危うかったのだ。

「しかし、その男たちはどうやってチケットを入手したんだろう。昨日は徹底して木津音の関係者しか来ていなかったのに……」

寛人の疑問は、携帯電話の着信音で途切れた。

「もしもし？　弓坂、マスコミ対策はどうなった？　……揉《も》めてる？　だから、プレミアム・プレオープンのチケットは完売していて、水増しでも誤認でも、ましてや捏造《ねつぞう》でもないと……だからそれは、こちらでも調べている最中だ！」

プレプレチケットに関してはさまざまな憶測がネットをにぎわせている。しかも一般来場者は寛人が理事を務めている学校の生徒と関係者だけとあって、アトラクションの評価すら危ぶまれている状況だ。紅葉の問題行動に奔走《ほんそう》したため大切な事業にケチがつき、寛人は当分、寝る間もないほど忙しいことになるだろう。いつも精力的に行動する彼が理事長室に逃げ込むほど疲れ果てているのは実に珍しいことだった。

「猛獣《もうじゅう》の件？　違う、特定動物じゃない。……何度も言ってるだろう！　それは木津音の問題で、記者会見を開いて釈明するような話じゃ……」

「授業がありますので、僕はこれで」

電話の途中だが、チャイムが鳴るのを聞いて司は一礼しドアに向かう。

「司」

呼び止められて足を止めた。

「引き続き紅葉を頼むよ」

「かしこまりました」

一礼して司は部屋をあとにした。

おわりの章

緊張して登校した学校はいつも通りだった。

否《いな》、予想に反し、今までより明らかに生徒の反応がいい。

紅葉《くれは》は朝から混乱しっぱなしだ。

「まあ、そうなるだろうな」

悶々《もんもん》としていた紅葉の耳に重箱をつつく狐《きつね》の声が届く。

「……どういうこと？」

紅葉が尋ねると、焼き魚を食べていたコン太《た》がぴこんと耳を立てた。

《あるじさまと、結花《ゆいか》と、あの、車屋《くるまや》という男が、口止めに奔走《ほんそう》していたのだ。お前が寝ていたときだ！　ふぎゃっ》

狐がコン太の頭を押さえる。紅葉は驚いて狐を見た。

「わざわざ部屋を抜け出したの？　どうして口止めなんて……」

「俺んとこは公約の仕事もらってるの。途中でぽしゃったら困るだろ」

狐がちらりと紅葉の斜め上を見たとき、ぶっきらぼうな徳太郎《とくたろう》の声が聞こえてきた。振り返るとメロンパンをかじりながら徳太郎が立っていた。

「んで、木津音《きづね》姉は、会長の醜聞《しゅうぶん》は生徒会全体の醜聞だっつって、取り巻き使って沈静化させたんだよ。女子は狐担当な。まあみんな、会長が無類の狐好きで結婚考えるほど思いつめてるって言ったら、コン太見て納得してたけど」

「……コン太？」

なぜコン太、そう思っていると徳太郎が片手を頬《ほお》にあて腰をくねくねさせた。

「あー、かわいいよね、わかるわかる！　って」

どうやら女子のマネをしているらしい。声と仕草が不気味で、紅葉は眉をひそめた。

「わかんないわよ」

「昨日はみんな、テンションおかしくなってたからなあ。突飛で強引で狐好きでワンマンだけど、自分たちにプラスになるんなら文句ないって感じなんじゃねえの」

そんなノリで受け入れられてしまうなんて、一世一代の大勝負が台無しだ。

肩を落としながら取り巻きに囲まれた結花を見ると、目が合ったとたん、ぷいっと横を向かれてしまった。その直後、結花の口元が満足げな笑みにゆるむのを認め、紅葉はぐったりと椅子《いす》にしなだれかかった。

――実際、ほっとした自分がいる。

昨日の一件で矢面に立つことになると、紅葉は心のどこかで怯《おび》えていた。短絡的な行動に後悔し、それなのに強気な自分を演じ続けようと懸命だった。

「じゃあな」

徳太郎は紅葉に背を向け、数歩歩いたところで立ち止まって肩越しに振り返った。

「今度、コン太の腹話術の種明かししろよ。あと、狐のケモ耳としっぽも」

どうやらいろいろ見られてしまったらしい。いじめられるのもいいけれど、責め立てられるのも悪くない――と、不謹慎なことでドキドキしてしまった紅葉は、意外そうな顔で徳太郎を見送っている狐を睨《にら》んだ。

「少しは焦りなさい。正体がバレたらお前だって屋敷にいられないのよ」

「そのときはお前を攫《さら》ってやるから心配するな」

「ど……どうしてそうなるのっ！　だいたい、おじさまをぎゃふんと言わせるために頑張っていたんじゃないの。口止めするなんてバカじゃないのっ」

怒気をはらむ小声で抗議すると、狐は心底意外だと言わんばかりにきょとんとした。

「お前は怯えていただろう？」

「…………っ………‼」

狐に気づかれていたとは思わず、紅葉の肩がこわばった。だが、好機であったことに間違いはない。だから紅葉は強引にことを推し進めたのだ。

もしかしたら――。

ふと、胸の奥をざわつかせるような疑問が首をもたげた。

もしかしたら狐は、明かりが落ちなくても紅葉を連れて逃げたかもしれない。

もしも今朝、紅葉が傷つくような状況になっていたら、昨日と同じようになにも言わずに紅葉を連れ、誰もいない場所に行っていたのかもしれない。

「お、お前、生意気よ！」

紅葉を案じているのだ。裏表なく気遣われることに慣れていない紅葉は、真っ赤になって目に角を立てる。すると狐は、身を乗り出す紅葉の後頭部にひょいと顎《あご》をのせた。

《この！　だし巻き卵という食べ物は絶品です、あるじさま！　ほんのり甘く、芳醇《ほうじゅん》な味わい！　厚巻きでございますっ》

真下でコン太が食べ物に籠絡《ろうらく》されている。はふはふと食いつく姿を見て、急に文句を言う気が失《う》せてしまった。

「わかったわ。お前は人間ではないものね。意地を張るべきじゃなかったわ」

相手が悪かったのだ。

「耳も目も、運動神経もいいのだものね」

「……それは褒めているのか？」

狐がたじろぐように紅葉から離れた。

「褒めているのよ。……お前に意地を張るのはやめるわ」

一つ息をつき、紅葉は肩をすくめた。

「黒狐《こくこ》は平和の先触《さきぶ》れなんでしょう。いいの？　私になんてつきあって」

食事をしようと箸《はし》を握った狐がぴたりと動きを止める。戸惑ったような表情だ。

「なによその顔。ちゃんと調べたんだから」

「私がいても泰平《たいへい》は訪れない」

断言した彼は、迷うように小さく言葉を続けた。

「……里の者は私が出来損ないだと疎《うと》んでいた」

本来、野生の狐は群れを作らず生きていくものらしい。彼ら一族は人の形を取れる以外にもいろいろと常識を違えているのだろう。そんな彼らが狐を疎むなんておかしな話だ。

「バカね、気づかないだけよ。お前は間違いなく黒狐よ。私が保証するわ。お前が来てからいいことが続いているもの」

すべてではない。けれど、他者と一定の距離をおこうと不器用に暮らしてきた紅葉にとっては劇的な変化だった。なにより今一人でないことは奇跡に近い。だから紅葉は迷うことなく断言した。すると狐は、腑《ふ》に落ちないと言わんばかりに口を引き結んだ。

だが、かすかに息を吐き出した直後、彼の表情がゆるんだ。

それは、見つめる紅葉の胸まであたたかくする、柔らかな〝黒狐〟の笑顔だった。

「――そうだわ、いいことを思いついた！」

「お前がそういう顔をしているときはだいたいが悪手らしいぞ」

急に警戒しはじめる狐に、紅葉はふんっと鼻を鳴らした。

「おじさまに報復するのはやめるわ」

「やめるのか？」

コン太にすすめられるままだし巻き卵を箸で摑《つか》んで狐は目を丸くした。狐に会ってからというもの、紅葉は報復ばかりに気を取られていた。意外に思うのも当然だろう。

「……私はもう用なしか」

「逆よ。もっと必要になるわ」

「なぜ？」

「よくよく考えたら、おじさまが総裁の座を追われたら、あの男の下で働いていた不幸な人間と、屋敷の使用人が路頭に迷うのよ。だから、私が木津音コンツェルンを乗っ取ることにしたの。あの男だけクビにするわ。そのために狐は私の手伝いをしなさい」

「懲《こ》りない女だな」

当然とばかりに胸を張る紅葉に狐の表情が変わる。いったんぎゅっと眉を寄せ、安堵《あんど》したように息をついたあと、しみじみとつぶやいた。

「前向きと言ってほしいわ。でも、もし……」

紅葉の言葉が途切れる。狐は、司《つかさ》のように事情を知りながら自分からかかわってきたわけではない。巻き込まれ、今もとりあえずつきあってくれているだけだ。

いやと言われれば、引き止めることはできなかった。

「らしくないな。お前はもっと傲慢《ごうまん》な娘ではないのか?」

「傲慢とはなによ。ひかえめで、脆弱《ぜいじゃく》で、かわいらしい女の子じゃない」

「……自分で言うのか……」

呆《あき》れたような苦笑い。

「屋敷にいるあいだは協力してやる。こういうのを〝パートナー〟と言うのだろう?」

順応力のある狐に紅葉は笑う。

「そうね。……よろしくね、七星《ななほし》」

手を差し出すと赤くなった狐の頭からぴこんと耳が飛び出した。ぎょっと立ち上がった紅葉は、慌ててケモ耳を両手で押さえた。

教室を見回し、誰も紅葉たちを注視していないことを確認してほっと胸を撫《な》で下ろす。

「なにしてるのよ⁉」

「お前が急に私の名前を呼ぶからだろう⁉」

「なんで名前を呼ばれただけで耳が飛び出るくらい驚くのっ」

お互い語調を荒くしながらも小声で言い合う。

「さきが思いやられるわ」

文句を言いながらコン太に次のだし巻き卵を差し出し、紅葉はふっと口角を引き上げた。

おいしいけれど物足りない、狐たちにだけは大好評な料理――上品なそれらを見ていいことを思いついたのだ。

「……悪手の顔だ」

「失礼ねっ」

紅葉は唇を尖《とが》らせ、声をひそめた。

「うちのシェフを学校に貸し出せば生徒も喜ぶ。名案でしょ?」

「……なぜか人の味覚だと一週間で飽きるとかいう、あの謎の料理人か」

「そう。飽きたところで安価で濃い味の大衆料理に変更すれば公約は守ったことになるわ」

《ひどい女でございます》

「まったくだ」

コン太と狐が同時にうなずく。

「失礼ね。策士と言いなさい」

紅葉はそう言って軽やかに笑うのだった。

※この作品はフィクションです。実在の人物・団体・事件などにはいっさい関係ありません。

集英社オレンジ文庫をお買い上げいただき、ありがとうございます。
ご意見・ご感想をお待ちしております。

● あて先
〒101-8050　東京都千代田区一ツ橋2-5-10
集英社オレンジ文庫編集部 気付
梨沙先生

集英社
オレンジ文庫

木津音《きづね》紅葉《くれは》はあきらめない

2017年10月25日　第1刷発行

著　者　梨沙
発行者　北畠輝幸
発行所　株式会社集英社
〒101-8050東京都千代田区一ツ橋2-5-10
電話【編集部】03-3230-6352
【読者係】03-3230-6080
【販売部】03-3230-6393（書店専用）
印刷所　大日本印刷株式会社

※定価はカバーに表示してあります

ISBN 978-4-08-680155-3 C0193

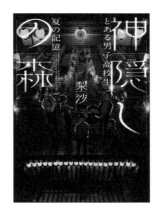